Ullstein

DER AUTOR:

Gerhart Hauptmann wurde am 15. 11. 1862 in Ober-Salzbrunn/Schlesien geboren. Der Sohn eines Gasthofbesitzers besuchte von 1874–78 die Realschule am Zwinger Breslau und verbrachte danach ein Jahr als Landwirtschaftseleve in Lederose bei Striegau. Studien der bildenden Kunst, der Naturwissenschaften und Philosophie in Breslau, Jena, Rom und Dresden schlossen sich an. 1884 zog Hauptmann nach Berlin, studierte zwei Semester Geschichte und nahm nebenher Schauspielunterricht. Ein Jahr später heiratete er die Großkaufmannstochter Marie Thienemann. Von 1885–89 lebten sie in Erkner bei Berlin. Hauptmann etablierte sich als freier Schriftsteller, der dem naturalistischen Drama zum Durchbruch verhalf. 1904 ließ er sich scheiden und heiratete im selben Jahr Margarete Marschalk. Es folgten verschiedene Reisen, u. a. nach Amerika und Griechenland. 1912 wurde ihm der Nobelpreis verliehen. Kurz vor seiner geplanten Rückkehr nach Berlin starb Gerhart Hauptmann am 6. 6. 1946 in Agnetendorf/Schlesien.

Gerhart Hauptmann

Bahnwärter Thiel

und andere frühe
Meistererzählungen

Ullstein

Ullstein Buchverlage GmbH,
Berlin
Taschenbuchnummer: 23755

Ungekürzte Ausgabe
2. Auflage
Januar 1997
Der Text folgt der im Propyläen Verlag erschienenen Centenar-Ausgabe:
Gerhart Hauptmann, Sämtliche Werke in elf Bänden.
Herausgegeben von Hans-Egon Hass (†), fortgeführt von Martin Machatzke und Wolfgang Bungies

Umschlagentwurf:
Hansbernd Lindemann
unter Verwendung eines Gemäldes von Hans Baluschek
bildarchiv preussischer kulturbesitz

Printed in Germany 1997
Gesamtherstellung:
Ebner Ulm
ISBN 3 548 23755 X

Gedruckt auf alterungsbeständigem Papier mit chlorfrei gebleichtem Zellstoff

Weitere Prosatexte des Autors bei Ullstein:

Das Abenteuer meiner Jugend (23167)
Im Wirbel der Berufung (23353)
Der Narr in Christo Emanuel Quint (23446)
Atlantis (23610)
Phantom (23940)
Wanda (23941)
Der Ketzer von Soana (23942)
Das Meerwunder/Die Spitzhacke (24037)
Das Buch der Leidenschaft (30302)
Die Insel der Großen Mutter (30333)
Der Schuß im Park (40116)

Theaterstücke des Autors bei Ullstein:

Der Biberpelz (23426)
Fuhrmann Henschel (23555)
Die Ratten (23563)
Vor Sonnenaufgang (23564)
Vor Sonnenuntergang (23565)
Die versunkene Glocke (23765)
Einsame Menschen (23939)
Und Pippa tanzt! (23943)
Rose Bernd (23958)
Gabriel Schillings Flucht (23959)

Hans Schwab-Felisch, Gerhart Hauptmann: Die Weber (22901)

Die Deutsche Bibliothek –
CIP-Einheitsaufnahme

Hauptmann, Gerhart:
Bahnwärter Thiel und andere frühe Meistererzählungen / Gerhart Hauptmann. – Ungekürzte Ausg. – 2. Aufl. ;
Berlin : Ullstein, 1997
(Ullstein-Buch ; Nr. 23755)
ISBN 3-548-23755-X
NE: GT

Inhalt

FASCHING

Entstehungszeit: 1887.

Erstveröffentlichung: Unter dem Titel »Fasching. Eine Studie« in der Zeitschrift »Siegfried« 1887.

Erste Einzelausgabe: Für die Mitglieder der Maximilian-Gesellschaft von Fritz Homeyer herausgegeben. Berlin 1923: Otto von Holten.

Segelmacher Kielblock war seit einem Jahr verheiratet. Er besaß ein hübsches Eigentum am See, Häuschen, Hof, Garten und etwas Land. Im Stall stand eine Kuh, auf dem Hofe tummelten sich gakkernde Hühner und schnatternde Gänse. Drei fette Schweine standen im Koben, die im Laufe des Jahres geschlachtet werden sollten.

Kielblock war älter als seine Frau, aber trotzdem nicht minder lebenslustig als diese. Er sowohl wie sie liebten die Tanzböden nach wie vor der Hochzeit, und Kielblock pflegte zu sagen: »Der ist ein Narr, der in die Ehe geht wie in ein Kloster. Gelt, Mariechen«, setzte er dann gewöhnlich hinzu, sein rundes Weibchen mit den robusten Armen umfassend und drückend, »bei uns geht das lustige Leben jetzt erst recht an.«

Und wirklich, sechs kurze Wochen ausgenommen, war das erste Ehejahr der beiden Leute gleichsam ein einziger Festtag gewesen. Die sechs Wochen aber hatten nur wenig an ihrer Lebensweise ändern können. Der kleine Schreihals, welchen sie gebracht, wurde der Großmutter überlassen, und heidi ging's hinaus, sooft der Wind eine Walzermelodie herübertrug und in die Fenster des abseits gelegenen Häuschens hineinklingen ließ.

Aber nicht nur auf allen Tanzmusiken ihres Dorfes waren Kielblocks anwesend, auch auf denen der umliegenden Dörfer fehlten sie selten. Mußte die Großmutter, was oft vorkam, das Bett hüten, so wurde »das kleine Balg« eben mitgenommen. Man machte ihm dann im Tanzsaal, so gut es gehen wollte, ein Lager zurecht, gewöhnlich auf zwei Stühlen, über deren Lehnen man Schürzen und Tücher zum notdürftigen Schutze gegen das Licht hing. Und in der Tat schlief das arme Würmchen, auf diese Art gebettet, unter dem betäubenden Lärm der Blechinstrumente und Klarinetten, unter dem Gescharr, Getrampel und Gejohle der Walzenden, inmitten einer Atmosphäre von Schnaps- und Bierdunst, Staub und Zigarrenrauch oft die ganze Nacht.

Wunderten sich die Anwesenden darüber, so hatte der Segelmacher immer die eine Erklärung bereit: »Es ist eben der Sohn von Papa und Mama Kielblock, verstanden?« Begann Gustavchen zu schreien, so stürzte seine Mutter, sobald sie den angefangenen Tanz beendet, herbei, raffte ihn auf und verschwand mit ihm in dem kalten Hausflur. Hier, auf der Treppe sitzend oder wo sie sonst Raum fand, reichte sie dem Kleinen die vom Trinken und Tanzen erhitzte, keuchende Brust, die es gierig leer sog. War es satt, so bemächtigte sich seiner zumeist eine auffallende Lustigkeit, welche den Eltern nicht wenig Freude bereitete, um so mehr, da sie nicht lange anzuhalten, sondern bald von einem totenähnlichen, bleiernen Schlaf verdrängt zu werden pflegte, aus dem das Kind dann bis zum kommenden Morgen sicher nicht mehr erwachte.

Sommer und Herbst waren verstrichen. Eines schönen Morgens, als der Segelmacher nach einer guten Nacht unter seine Haustüre trat, war die Gegend in einen Schneemantel gehüllt. Weiße Flekken lagen in den Wipfeln des Nadelwaldes, der den See und in weitem Umkreise die Ebene umschloß, in welcher das Dörfchen gelegen war.

Der Segelmacher schmunzelte in sich hinein. Der Winter war seine liebste Jahreszeit. Schnee erinnerte ihn an Zucker, dieser an Grog; Grog widerum erregte in ihm die Vorstellung warmer, festlich erleuchteter Zimmer und brachte ihn somit auf die schönen Feste, welche man im Winter zu feiern gewohnt ist.

Mit geheimer Freude schaute er den schwerfälligen Kähnen zu, welche nur noch mit Mühe vorwärts bewegt werden konnten, weil bereits eine dünne Eiskruste den See bedeckte. »Bald«, sagte er zu sich selbst, »sitzen sie ganz fest, und dann kommt meine gute Zeit.«

Es würde verfehlt sein, Herrn Kielblock schlechtweg für einen Faulenzer von Profession zu halten, im Gegenteil, kein Mensch konnte fleißiger arbeiten als er, solange es Arbeit gab. Wenn jedoch die Schiffahrt und damit die Arbeit einmal auf Monate gründlich einfror, grämte er sich keineswegs darüber, sondern sah in der Muße eine willkommene Gelegenheit, das zu verjubeln, was er sich vorher erworben.

Aus einer kurzen Pfeife qualmend, schritt er die Böschung hinunter, bis an den Rand des Sees, und tippte mit dem Fuß auf das Eis. – Es zerbrach wider Erwarten beim leisesten Drucke, und der Segelmacher hätte, obgleich er das Experiment mit aller Vorsicht ausgeführt, doch beinahe das Gleichgewicht verloren.

Derb fluchend zog er sich zurück, nachdem er die Tabakspfeife aufgehoben, welche ihm entfallen war.

Ein Fischer, der ihn beobachtet hatte, rief ihm zu: »Wollt Ihr Schlittschuh loofen, Segelmacher?«

»In acht Tagen, warum nicht?«

»Denn will ick mich bald een neues Netze koofen.«

»Warum denn?«

»Damit ick dir wieder rausfischen kann, denn rin fällst de sicher.«

Kielblock lachte behaglich. Eben wollte er etwas erwidern, als die Stimme seiner Frau ihn zum Frühstück rief. Im Gehen meinte er nur noch, daß er sich die Geschichte dann doch erst befrühstükken wollte, denn kalte Bäder gehörten gerade nicht zu seinen Passionen.

Die Familie Kielblock frühstückte.

Die alte Großmutter trank ihren Kaffee am Fenster. Als Fußbank diente ihr ein grüner, viereckiger Kasten, den sie von Zeit zu Zeit mit halb erloschenen Augen ängstlich betrachtete. Mit langen, dürren Händen öffnete sie jetzt zitternd die Schublade eines neben ihr stehenden Tischchens und fuhr unsicher darin herum, bis sie ein Pfennigstück zwischen die Finger bekam, das sie herausnahm und sorgsam in den messingenen Einwurf des unter ihr stehenden Kastens steckte.

Kielblock und Frau beobachteten dies Manöver und nickten sich verständnisvoll zu. Über das erstarrte, welke Gesicht der Alten glitt ein Zug heimlicher Genugtuung, wie immer, wenn sie das Geldstück am Morgen in der Schublade fand, welches die beiden Eheleute nur selten für sie hineinzulegen vergaßen.

Erst gestern hatte die junge Frau wieder eine Mark zu diesem Zweck in Pfennige umgewechselt, die sie lachend ihrem Manne zeigte.

»Die Mutter ist eine gute Sparbüchse«, sagte dieser, einen lüsternen Blick nach dem grünen Kasten werfend, »wer weiß, was da drinnen noch alles steckt. Wenig ist's nicht, und wenn sie einmal abgelebt hat, was Gott verhüte, dann setzt's noch ein anständiges Pöstchen, darauf verlaß dich.«

Diese Bemerkung schien der jungen Frau in die Beine zu fahren; sie stand auf, schwenkte die Röcke und trällerte eine Melodie: »Nach Afrika, nach Kamerun, nach Angra Pequena.«

Ein plötzliches lautes Geheul unterbrach sie; Lotte, das kleine braune Hündchen, hatte sich zu nahe an den grünen Kasten gewagt und war von der Alten dafür mit einem Fußtritt belohnt worden. Das Ehepaar lachte aus vollem Halse, indes Lotte mit gekniffener Schnauze und gekrümmtem Rücken, eine wahre Jammergestalt, hinter den Ofen kroch und winselte.

Die Alte geiferte in unverständlichen Worten über das »Hundevieh«, und Kielblock schrie die Schwerhörige an: »Recht so, Mutter. Was hat das Hundebeest da herumzuschnüffeln, das ist dein Kasten; der soll dir bleiben, daran soll niemand rühren, nicht einmal Hund und Katze, gelt?«

»Die ist wachsam«, äußerte er befriedigt, als er kurz darauf mit seiner Frau in den Hof ging, um ihr beim Viehfüttern zuzusehen, »da kommt uns kein Heller weg, nicht, Mariechen?«

Mariechen hantierte alsbald mit Kleiensäcken und Futterschäffern, die Röcke und Ärmel trotz der frischen Luft aufgeschürzt, wobei ihre gesunden, drallen Glieder in der Sonne leuchteten.

Kielblock betrachtete sein Weib mit stiller Befriedigung, innerlich noch die Beruhigung durchkostend, welche ihm der Geiz seiner Mutter hinsichtlich seiner Zukunft gab. Er konnte sich nicht entschließen, an die Arbeit zu gehen, so sehr behagte ihm der Zustand, in dem er sich augenblicklich wiegte. Seine kleinen, genüßlichen Äuglein spazierten stillvergnügt über die rosig angehauchten fetten Rücken seiner Schweine, die er im Geiste schon in Schinken, Wurst und Wellfleisch zerlegt sah. Sie bestrichen dann das ganze mit frischem Schnee bestreute Höfchen, welches ihm den Eindruck einer sauber gedeckten Tafel machte, auf welcher Hühner-, Enten- und Gänsebraten reichlich aufgetischt, allerdings noch lebend, herumstanden.

Frau Mariechen ging auf in ihrem Vieh und Geflügel. Seit geraumer Zeit drang klägliches Kindergeschrei aus der Haustür, ein Umstand, der sie in keiner Weise von ihrer Beschäftigung abzog. In ihrem Viehbestand sah sie eine Hauptbedingung ihres behaglichen Lebens, in dem Kinde zunächst nichts weiter als ein Hindernis in demselben.

Es war Faschingszeit. Die Familie saß beim Nachmittagskaffee. Das etwa einjährige Gustavchen spielte am Boden. Man hatte Pfannkuchen gebacken und war in sehr vergnügter Stimmung, einesteils der Pfannkuchen wegen, andernteils weil es Sonnabend war, hauptsächlich aber, weil man an diesem Tage einen Maskenball besuchen wollte, der im Dorfe stattfand.

Frau Mariechen ging als Gärtnerin, und ihr Kostüm hing bereits in der Nähe des mächtigen grauen Kachelofens, der eine große Hitze ausströmte. Das Feuer durfte den ganzen Tag nicht ausgehen, da schon seit Monatsfrist eine beispiellose Kälte eingetreten war, die auch den See mit einer Eiskruste überdeckt hatte, so daß vollbeladene Fuhrwerke denselben ohne Gefahr passieren konnten.

Die Großmutter hockte wie immer über ihrem Schatze am Fenster, und Lotte lag, vom Scheine des Feuers angeglüht, zusammengekrümmt vor dem Ofenloch, dessen Türchen hin und wieder ein leises, klapperndes Geräusch machte.

Der heutige Ball sollte das letzte große Vergnügen des Winters sein, welches selbstverständlich bis zur Hefe ausgekostet werden mußte.

Der Winter war bisher auf das angenehmste vergangen. Feste, Tanzmusiken, Schmausereien im eigenen Hause und bei Fremden hatten mit einigen wenigen Arbeitsstunden gewechselt. Die Kasse war aber dabei magerer geworden, der Viehbestand beträchtlich zusammengeschrumpft, Dinge, welche auf die Stimmung der beiden Eheleute nicht ohne Einfluß bleiben konnten.

Freilich beruhigte man sich leicht in dem Gedanken, daß der kommende Sommer ja auch wieder vergehen würde, und was besonders die leere Kasse anbetraf, so tröstete ein Blick auf die der Großmutter bald darüber hinweg.

Der grüne Kasten unter den Füßen der alten Frau hatte überhaupt den beiden Eheleuten in allen Lebenslagen eine große Kraft der Beruhigung erwiesen. Bekam ein Schwein den Rotlauf, so dachte man an ihn und gab sich zufrieden. Schlug das Segeltuch auf, fielen die Kunden ab, tat man desgleichen.

Kam es den beiden vor, als mache sich ein leiser Rückgang in der Wirtschaft bemerkbar, so beschwichtigte man die schwer herandämmernden Sorgen darüber ebenfalls durch den Gedanken an den Kasten.

Ja, den Kasten umwoben eine Menge so verlokkender Vorstellungen, daß man sich gewöhnt hatte, den Augenblick, wo man ihn würde öffnen können, als den Höhepunkt seines Lebens zu betrachten.

Über die Verwendung des darin befindlichen Geldes hatte man längst entschieden. Vor allem sollte ein kleiner Teil desselben zu einer etwa achttägigen Vergnügungsreise, vielleicht nach Berlin, verwandt werden. Man reiste dann natürlich ohne Gustavchen, den man bei einer befreundeten Familie in dem Dorfe Steben jenseits des Sees bequem für die Dauer der Reise unterbringen konnte.

Kamen sie auf diese Reise zu sprechen, so bemächtigte sich der beiden Eheleute ein wahrhaftes Vergnügungsfieber. Der Mann meinte, das müsse aber noch einmal eine richtige Semmelwoche werden, während die Frau, in den Erinnerungen ihrer Mädchenzeit schwelgend, nur vom Zirkus Renz, der Hasenheide und anderen Vergnügungsorten redete.

Wie so oft schon hatte man auch heute wieder das Reisethema hervorgesucht, als Gustavchen durch ein ausnehmend possierliches Gebaren die Aufmerksamkeit davon ab- und auf sich lenkte. Er hob nämlich seine kleinen schründigen Ärmchen in die Höhe, als ob er sagen wollte: »Horch«, und brachte aus seinem schmutzigen Mäulchen einen Ton hervor, welcher dem Schrei einer Unke ähnelte.

Die Eltern beobachteten, ihre Heiterkeit mühsam zurückhaltend, die Manöver des Kleinen eine Weile. Endlich wurde es ihnen doch zu bunt. Sie platzten heraus und lachten so laut, daß Gustavchen erschreckt zu weinen anfing und selbst die Großmutter ihr verstumpftes Gesicht herumwandte.

»Na, weene man nich, alberne Jöhre, es tut dich doch niemand nichts«, beruhigte die Mutter, welche, bereits zur Hälfte Gärtnerin, im roten Korsett vor dem Kleinen stand. »Was fällt dir denn ein«, fuhr sie fort, »daß du mit die Arme wie ein Seiltänzer in die Luft herumangelst und eine Jusche ziehst wie meiner Mutter Bruder, wenn er eenen Hasen mit die Schlinge jefangen hatte.«

Kielblock, der an einem gelben Frack für den Abend herumbürstete, gab noch lachend eine Erklärung: »Der See«, sagte er, »der See!«

Und wirklich drangen durch die Fenster bald lauter, bald leiser langgezogene, dumpfe Töne, Tubarufen vergleichbar, welche von dem unter der riesigen Eiskruste arbeitenden Wasser des Sees herrührten und die das Kind vermutlich zum erstenmal bemerkt und nachzuahmen versucht hatte.

Je näher der Abend kam, um so ausgelassener wurde man, half sich gegenseitig beim Anziehen und belustigte sich schon vor dem Fest mit allerhand Scherzen und Tollheiten, deren Kielblock während seiner langen Vergnügungspraxis in großen Mengen aufgespeichert hatte.

Die junge Frau kam gar nicht aus dem Lachen heraus, ein plötzliches Grausen aber erfaßte sie, als ihr Kielblock eine aschfahl bepinselte Fratze aus Pappe vorwies, welche er aufsetzte, wie er sagte, um den Leuten das Gruseln zu lehren.

»Steck die Larve fort, ich bitte dich«, schrie sie, am ganzen Körper zitternd. »Det sieht ja akkarat aus wie'n toter Leichnam, der drei Wochen in der Erde gelegen hat.«

Den Mann jedoch ergötzte die Furcht seiner Frau. Er lief, die Larve zwischen den Händen, um sie herum, so daß sie, wohin sie sich auch wandte, hineinblicken mußte. Das machte sie zuletzt wütend.

»Kreuzmillionen, ick will det Unflat nich mehr sehen«, zeterte sie, mit dem Fuße stampfend, indes Kielblock, fast berstend vor Lachen, auf einen Holzstuhl fiel, den er beinahe umriß.

Endlich war man angezogen.

Er – ein »Halsabschneider«: gelber Frack, Kniehosen aus Samt und Schnallenschuhe, ein riesiges Tintenfaß aus Pappdeckel auf dem Kopf, worin noch die ebenfalls ungeheure Gänsefeder stak.

Sie – eine Gärtnerin: efeuumrankt, mit einem papiernen Rosenkranz im glatten Haar.

Die Uhr zeigte sieben, und so konnte man sich auf den Weg machen.

Auch diesmal mußte Gustavchen leider wieder mitgenommen werden, so schmerzlich es die »Gärtnerin« auch empfinden mochte.

Die Großmutter hatte in letzter Zeit einen Schlaganfall gehabt, weshalb man ihr nicht die geringste Arbeit aufbürden durfte. Sie vermochte sich zur Not noch selbst aus- und anzukleiden, damit war aber ihre Leistungsfähigkeit so ziemlich erschöpft.

Ein wenig Essen stellte man der Alten neben die brennende Lampe aufs Fensterbrett, und so konnte man sie bis zum nächsten Morgen getrost ihrem Schicksal überlassen.

Man nahm Abschied von ihr, indem man in ihre tauben Ohren schrie: »Wir jehen!« Und bald darauf waren die Alte am Fenster und Lotte am Ofen die einzigen Bewohner des Häuschens, welches Kielblock von außen abgeschlossen hatte.

Der Pendel der alten Schwarzwälder Uhr ging gemessen hin und her, tick, tack. Die Greisin schwieg oder leierte mit scharfer Stimme ein Gebet herunter. Lotte knurrte von Zeit zu Zeit im Schlaf, und von draußen klangen jetzt laut und vernehmlich die dröhnenden Tubastöße des Sees, dessen Eisspiegel sich wie eine riesige Demantscheibe weiß lodernd im Vollmond und scharf umrissen zwischen die tintenschwarz herabhängenden formlosen Abhänge der Kiefernhügel hineinspannte.

Als Kielblocks den Ballsaal betraten, wurden sie mit einer Fanfare begrüßt.

Der »Halsabschneider« erregte ungemeines Aufsehen. Gärtnerinnen, Zigeuner- und Marketenderinnen flüchteten kreischend zu ihren Kavalieren, Bauernknechten und Bahnarbeitern, welche ihre plumpen Glieder in spanische Kostüme gezwängt hatten und zierliche, zahnstocherartige Degen an der Seite trugen.

Der Segelmacher war außerordentlich zufrieden mit der Wirkung seiner Maske. Er belustigte sich drei Stunden lang damit, ganze Herden maskierter Frauen und Mädchen, wie der Wolf die Lämmer, vor sich her zu treiben.

»He, Gevatter Halsabschneider«, rief ihm jemand zu, »du siehst ja aus wie dreimal jehenkt und wieder losgeschnitten.« Ein anderer riet, er solle doch einen Schnaps trinken, damit ihm besser würde, denn Schnaps sei gut für Cholera.

Die Mahnung betreffs des Schnapses war überflüssig, denn Schnaps hatte der »Gehenkte« bereits in großen Mengen zu sich genommen. In seinem Totenschädel rumorte davon ein zweiter Maskenball, der den wirklichen noch übertollte.

Es wurde ihm so warm und gemütlich, daß er in diesem Zustande, um sein Inkognito zu wahren, mit dem leibhaftigen Sensenmann die Brüderschaft getrunken hätte.

Um zwölf Uhr nahm man die Masken ab. Jetzt stürmten die Freunde Kielblocks von allen Seien auf ihn ein, beteuernd, daß sie ihn warhaftig nicht erkannt hätten: »Du bist doch nun einmal der tollste Kerl.«

»Du verwünschter Filou, du Galgenvogel!« scholl es durcheinander.

»Das hätten wir uns doch denken können«, schrie ein angetrunkener Schifferknecht. »Wer anders ist dreimal gehenkt und mit allen Hunden gehetzt als der Segelmacher.«

Alles lachte.

»Der Segelmacher, natürlich der Segelmacher«, lief es von Mund zu Mund, und dieser fühlte sich, wie so oft schon, auch heute als der Held des Abends.

»Nichts ist schöner«, rief er in das Gewühl, »als so ein bißken den toten Mann machen, aber nun hab' ick's ooch dick. Vorwärts, Musik, Musik!« – Und sein Ruf fand Echo in aller Kehlen.

»Musik, Musik, Musik!« scholl es durcheinander, immer lauter und lauter, bis mit schneidendem Ruck und schriller Dissonanz die Musikbande zu arbeiten begann.

Der Ruf verstummte, im Nu wirbelte alles durcheinander.

Kielblock tanzte wie rasend. Er stampfte mit dem Fuße, er johlte, daß es die Musik übertobte.

»Man muß doch den Leuten zeijen, det man noch leben dut«, brüllte er im Vorbeischießen dem Baßgeiger zu, der ihn freundschaftlich angelächelt hatte.

Mariechen überwand sich, um nicht aufzuschreien, so preßte er sie an sich; die Sinne vergingen ihr fast. Es war, als habe ihr Mann in dem »Totenspielen« doch ein Haar gefunden und wühle sich nun mit allen Fibern seines Leibes in das Leben zurück.

Während der Musikpausen füllte er sich mit Schnaps und traktierte auch seine Freunde damit.

»Trinkt man feste, Brüder«, lallte er zuletzt, »ihr könnt mir nich pankrott machen, meine Olle is eene sehr schwere Frau! Sehr, sehr schwer«, wiederholte er gedehnt, zwinkerte bedeutungsvoll mit den Augen und führte ein Schnapsglas, bis zum Rande voll Ingwer, unsicher zum Munde.

Das Vergnügen hatte seinen Höhepunkt überschritten und drohte zu Ende zu gehen. Nach und nach verlor sich die Mehrzahl der Gäste. Kielblock und Frau nebst einer Anzahl Gleichgesinnter wankten und wichen nicht. Gustavchen hatte diesmal in einem dunklen Vorzimmer glücklich untergebracht werden können, so daß man durch ihn weniger als je behindert wurde.

Als auch die Musikanten gegangen waren, schlug jemand vor, »Gottes Segen bei Cohn« zu spielen, ein Vorschlag, den man einstimmig annahm.

Während des Spiels entschliefen einige, darunter Kielblock.

Sobald der Morgendämmer fahl und gespenstig durch die Fenstervorhänge kroch, wurden sie wieder geweckt. Erwachend grölte der Segelmacher das Lied zu Ende, über dessen Strophen er eingeschlafen war.

»Kinder«, rief er, als es heller und heller wurde, »nach Hause jehn wir nich, verstanden!? Nun jrade nich, da es Tag wird.«

Einige protestierten; es sei nun wirklich genug,

man müsse nichts übertreiben! Die andere Hälfte stimmte ihm bei.

Aber was tun?

Der Heidekrug wurde genannt.

»Jawohl, Kinder, wir machen eenen Spazierjang ins Jrüne, wenn ooch een bißken Schnee liegen dut, et schad't nich, wir jehen zusammen nach dem Heidekrug.«

»Frische Luft, frische Luft!« klang es auf einmal aus vielen Kehlen, und alles drängte nach der Türe.

Die Sonne begann einen Sonntag. Ein riesiges Stück gelbglühenden Metalls, lag sie hinter den kohlschwarzen Säulen eines Kieferngehölzes, welches, wenige hundert Schritte von dem Gasthause entfernt, gegen den See vorsprang. Ein braungoldiger Lichtstaub quoll durch die Stämme, drängte sich durch alle Luken der unbeweglichen, dunklen Nadelmassen ihrer Kronen und überhauchte Erde und Himmel mit einem rötlichen Scheine. Die Luft war schneidend kalt, aber es lag kein Schnee.

Man atmete sich nüchtern und schüttelte den Geruch des Ballsaals aus den Kleidern. Einige von denen, die kurz vorher gegen die Fortsetzung des Vergnügens waren, fühlten sich jetzt so gestärkt, daß sie dafür sprachen. Andere meinten, das sei ja alles recht gut, man müsse doch aber wenigstens die Kleider wechseln, wenn man nicht zum Skandal der Leute werden wollte. Dagegen konnte niemand etwas Ernstliches einwenden; deshalb und ferner, weil einige der Anwesenden, darunter Kielblocks, erklärten, daß sie unbedingt einmal nach dem Rechten sehen müßten, wurde beschlossen, daß man sich zunächst nach Hause begeben, um neun Uhr aber wieder treffen wolle, um den gemeinschaftlichen Spaziergang anzutreten.

Kielblocks entfernten sich zuerst, und unter den Zurückbleibenden waren wenige, die das junge Paar nicht beneideten. Aussprüche wie »Ja, wenn man es auch so haben könnte« und andere wurden laut, als man den stets fidelen Mann, Gustavchen auf dem Arm tragend, seine Frau an der Hand führend, johlend in das Gehölz einbiegen und verschwinden sah.

Zu Hause war alles in bester Ordnung. Lotte begrüßte die Anwesenden, die Alte lag noch im Bett. Man kochte ihr Kaffee, weckte sie und teilte ihr mit, daß man sie bald wieder verlassen werde. Sie fing an vor sich hin zu schelten, ohne sich direkt an jemanden zu wenden. Durch zwei neue Pfennige wußte man sie zu beruhigen.

Frau Marie, welche damit beschäftigt war, den kleinen Gustav umzuziehen, bekam plötzlich eine Grille. »Ach wat, et is jenug«, sagte sie, »wir wollen zu Hause bleiben.«

Kielblock war außer sich.

»Ich habe Kopfschmerzen und Stechen im Rükken.«

Eine Tasse schwarzen, starken Kaffees würde alles hinwegnehmen, erklärte er. Gehen müsse man, denn man habe die Sache ja selbst eingefädelt.

Der Kaffee hatte seine Wirkung getan. Gustavchen war vermummt und alles fertig zum Aufbruch, als ein Schiffer erschien, welcher bis zum Montagmorgen ein Segel geflickt haben wollte. Es sei für die Eisjacht »Mary«, welche am Mittag des nächsten Tages die große Regatta mitlaufen sollte, fügte er bei.

Kielblock wies die Arbeit zurück. Um der paar Pfennige willen, welche bei so etwas heraussprängen, könne man sich nicht das bißchen Sonntagsvergnügen rauben lassen.

Der Mann versicherte, daß es gut bezahlt werde, aber Kielblock blieb bei seiner Weigerung. Werktag sei Werktag, Feiertag sei Feiertag.

Unterhandelnd verließ man das Zimmer und das Haus. Er würde den Lappen selbst zusammenflicken, schloß der Schiffer, wenn er nur die nötige Leinwand bekommen könnte. Auch diese verweigerte Kielblock, weil er, wie er sagte, sich nicht ins Handwerk pfuschen lassen könne.

Die Gesellschaft traf sich vor dem Gasthause. Der Spaziergang gestaltete sich, da die Sonne die Kälte herabgemindert, zu einem ausnehmend genußreichen. Die Ehemänner liebelten gegenseitig mit den Frauen, sangen, rissen Witze und sprangen wie Böcke über das starr gefrorene, knisternde Moos des Waldbodens. Der Frost hallte wider vom Gejohl, Gekreisch und Gelächter des Haufens, dessen Lustigkeit sich von Minute zu Minute steigerte, da man nicht vergessen hatte, gegen die Kälte einige Flaschen Kognak mit auf die Wanderschaft zu nehmen.

Im Krug wurde natürlich wieder ein Tanz improvisiert; gegen Mittag trat man, bedeutend herabgestimmt, den Rückweg an.

Zwei Uhr war es, als Kielblocks vor ihrem Häuschen standen, ein wenig müde und abgespannt, keineswegs jedoch übersättigt. Der Segelmacher hatte den Schlüssel zur Haustür bereits ins Schloß gesteckt, zauderte aber nichtsdestoweniger, herumzudrehen. In seinem Innern klaffte eine Leere, vor der ihm graute.

Da fiel sein Blick auf den See, der wie ein ungeheurer Spiegel, von Schlittschuhläufern und Stuhlschlitten belebt, in der Sonne funkelte, und so kam ihm ein Gedanke.

»Mariechen«, fragte er, »wie wär's, wenn wir noch 'ne Tour machten? – Nach Steben rüber zu deiner Schwester – nicht? – Sich jetzt am Mittag aufs Ohr hauen, det wär' doch sündhaft.«

Die junge Frau war zu müde, sie beteuerte, nicht mehr laufen zu können.

»Det schad't ooch nich«, erwiderte er und lief im selben Augenblick nach dem Schuppen hinter dem Hause, aus welchem er einen hölzernen, grün angestrichenen Stuhlschlitten hervorholte.

»So wird et jehen, denk' ich«, fuhr er fort, bereits damit beschäftigt, ein Paar Schlittschuhe an seinen Füßen zu befestigen, welche über der Lehne des Schlittens gehangen hatten.

Ehe Mariechen Zeit hatte, weitere Bedenken zu äußern, saß sie, Gustavchen auf dem Schoß haltend, im Stuhlschlitten und sauste, von den kräftigen Armen ihres Mannes geschoben, über die blitzende Eisfläche.

Kaum vierzig Meter vom Lande wandte sich die junge Frau noch einmal und gewahrte den Schiffer, wie er an ihre Haustüre klopfte. Er mußte sie heimkommen gesehen und sich entschlossen haben, noch einmal wegen des Segels vorzusprechen.

Sie machte ihren Mann darauf aufmerksam.

Er hielt an, wandte sich herum und brach in ein schallendes Gelächter aus, welches die Frau mit fortriß. Es war doch auch zu komisch, wie der Mann so recht geduldig und zuversichtlich mit seinem Segel auf der Schwelle stand, indes die, welche er im Hause glaubte, längst hinter seinem Rükken über den See davonflogen.

Kielblock sagte, es wäre gut, daß er nicht mehr mit dem Manne zusammengetroffen sei, denn sonst würde die schöne Schlittenpartie doch noch zu Essig geworden sein.

Während des Fahrens drehte er indes wiederholt den Kopf nach rückwärts, um zu sehen, ob der Mann noch an seinem Posten stände; aber erst, als er mit Frau und Kind das jenseitige Ufer hinaufklomm, konnte er bemerken, wie sich derselbe, zum schwarzen Punkte eingeschrumpft, langsam in der Richtung des Dorfes entfernte.

Die Verwandten, welche ein Gasthaus in Steben besaßen, freuten sich über den Besuch der Eheleute, zumal da bereits eine Anzahl anderer guter Freunde versammelt war. Man nahm sie gut auf, brachte Kaffee, Pfannkuchen und später auch Spirituosen. Zuletzt machten die Männer ein Spielchen, während die Frauen die Tageschronik durchnahmen. Außer dem Verwandtenkreis waren noch einige Stadtleute in dem Gastzimmer anwesend. Sie brachen jedoch eiligst auf, als es zu dunkeln begann.

»Es ist ja Vollmond, meine Herrschaften«, bemerkte der Wirt, die Zeche einer kleinen Schlittschuhgesellschaft einstreichend, »die Passage des Sees außerdem vollkommen sicher. Sie brauchen sich nicht zu beeilen.«

Man versicherte, nicht im geringsten ängstlich zu sein, ohne sich deshalb am Aufbruch hindern zu lassen.

»Furchtsame Stadtratten«, flüsterte Kielblock seinem Schwager zu, der sich seufzend neben ihn niederließ, um sein unterbrochenes Spiel wieder aufzunehmen. Das soundsovielte Glas Bier hochhebend, nötigte er ihn zum Trinken und leerte selbst sein Glas zur Hälfte.

»Nicht wahr«, fragte eine der Frauen nach dem Männertisch herüber, »der Junge ist wieder ganz gesund.«

»Ganz gesund«, scholl es zurück. »Zwei Stunden, nachdem er glücklich herausgezogen war und längst wohlgeborgen in seinem Bette lag, schrie er plötzlich: ›Zu Hilfe, zu Hilfe, ich ertrinke!‹«

»Zu Hilfe, zu Hilfe, ich ertrinke«, schrie Kielblock, bei dem das Bier wieder zu wirken begann, und hieb eine letzte Karte auf die Tischplatte. Er gewann und strich schmunzelnd eine Anzahl kleiner Münzen in die hohle Hand.

Währenddessen erzählte man sich, daß ein Junge bei hellem Tage in die offene Stelle des Sees geraten sei, auch wohl sicher ertrunken wäre, wenn nicht glücklicherweise im letzten Augenblicke einige Arbeiter hinzugekommen wären. Jeder der Anwesenden kannte die Stelle; sie war an dem Südzipfel des Sees, dort, wo das stets leicht erwärmte Wasser eines kleinen Flüßchens hineintrat.

Man wunderte sich um so mehr über das Unglück, da die Stelle nicht etwa eine verführerische Eiskruste ansetzte, sondern immer offen blieb. Der Junge müßte geradezu mit geschlossenen Augen hineingefahren sein, meinte man.

Kieblock hatte so viel gewonnen, daß er in

bester Laune der Überzeugung Ausdruck gab, den ganzen verlorenen Maskenball wieder in seiner Tasche zu haben. Ohne weitere Einwände fügte er sich deshalb auch den Bitten seiner Frau, nun doch endlich aufzubrechen.

Der Abschied von den Freunden dauerte lange. Man hatte ein Tanzkränzchen für den folgenden Sonntag in aller Eile zu besprechen. Kielblock verpflichtete die Anwesenden aufs Wort, sich daran zu beteiligen. Man sagte zu und trennte sich endlich.

Kielblocks nahmen den Weg nach dem Seeufer.

Senkrecht über der bläulichen Eisfläche stand der Vollmond; wie der Silberknauf einer riesigen, funkenbestreuten Kristallkuppel schien er in den Äther gefügt. Ein Lichtnebel ging von ihm aus und rann magisch um alle Gegenstände der Erde. Luft und Erde schienen erstarrt im Frost.

Frau Mariechen samt dem Kleinen saß bereits seit geraumer Zeit auf dem Schlitten, als Kielblock noch immer fluchend an seinen Schlittschuhen herumhantierte. Die Hände starben ihm ab, er konnte nicht fertig werden. Gustavchen weinte.

Frau Kielblock trieb ihren Mann zur Eile; die Luft stäche sie wie mit Nadeln. Kielblock wußte das selbst; es kam ihm vor, als ritze man die Haut seines Gesichts und seiner Hände mit Glaserdiamanten.

Endlich fühlte er die Eisen fest unter seinen

Sohlen. Noch konnte er jedoch den Schlitten nicht anfassen; deshalb steckte er die Hände in die Taschen, um sie ein wenig auftauen zu lassen. Währenddessen schnitt er einige Figuren in das Eis. Es war hart, trocken und durchsichtig wie Glas.

»In zehn Minuten sind wir drüben«, versicherte er dann, den Stuhlschlitten mit einem kräftigen Ruck in Bewegung setzend.

Spielend schoß das Gefährt in die Eisfläche, in gerader Linie auf den gelben Lichtschein zu, welcher jenseits des Sees aus einem Fenster des Kielblockschen Häuschens fiel. Es war die Lampe der Großmutter, welche den Segelmacher schon oft, auch in mondlosen Nächten, sicher geleitet hatte. Fuhr man vom Stebener Wirtshaus in gerader Linie darauf zu, so hatte man überall gleichmäßig festes Eis unter den Füßen.

»Det is noch een Schlußverjnüjen«, schrie Kielblock mit heiserer Stimme seiner Frau ins Ohr, die indes vor Zähneklappern nicht antworten konnte. Sie drückte Gustavchen fest an sich, der leise wimmerte.

Der Segelmacher schien wirklich unverwüstlich; denn in der Tat war diese Mondscheinpartie trotz der vorhergegangenen Strapazen ganz nach seinem Geschmack. Er machte allerhand Mätzchen, ließ den Schlitten im wildesten Lauf aus den Händen gleiten und schoß hinter ihm drein, wie der Falke hinter seiner Beute. Er schleuderte ihn wiederholt aus Mutwillen dermaßen, daß seine Frau laut aufkreischte.

Immer klarer und klarer wurden die Umrisse des Häuschens; schon erkannte man die einzelnen Fenster desselben, schon unterschied man die Großmutter in dem Lichtschein der Lampe, als es plötzlich dunkel wurde.

Kielblock wandte sich erschreckt und gewahrte eine ungeheure Wolkenwand, welche, den ganzen Horizont umspannend, unbemerkt ihm im Rücken heraufgezogen war und die soeben den runden Vollmond eingeschluckt hatte. --

»Nun aber schnell«, sagte er und stieß das Gefährt mit verdoppelter Geschwindigkeit vor sich her über das Eis.

Noch blieb das Häuschen vom Mond beleuchtet; aber weiter und weiter kroch der riesige Wolkenschatten über den See hin, bis er diesen samt dem Häuschen mit undurchdringlicher Finsternis überzogen hatte.

Unbeirrt steuerte Kielblock auf den Lichtschein zu, welcher von der Lampe der Großmutter herrührte. Er sagte sich, daß er nichts zu fürchten habe, wurde aber dennoch von einer unsichtbaren Gewalt zur Eile angetrieben.

Er raffte all seine Kraft zusammen; der Schweiß quoll ihm aus allen Poren; sein Körper brannte; er keuchte ...

Die junge Frau saß zusammengebogen und hielt

das Kleine krampfhaft an sich gepreßt. Sie sprach kein Wort, sie rührte sich nicht, als fürchte sie anders die Schnelligkeit der Fahrt zu beeinträchtigen. Auch ihre Brust beklemmte ein unerklärliches Angstgefühl; sie hatte nur den einen Wunsch, am Ziel zu sein.

Unterdessen war es so schwarz geworden, daß Kielblock sein Weib, diese ihr Kind nicht mehr sah. Dabei rumorte der See unter dem Eispanzer unaufhörlich. Es war ein Schlürfen und Murren, dann wieder ein dumpfes, verhaltenes Aufbrüllen, dazu ein Pressen gegen die Eisdecke, so daß diese knallend in großen Sprüngen barst.

Die Gewöhnung hatte Kielblock gegen das Unheimliche dieser Erscheinung abgestumpft; jetzt war es ihm plötzlich, als stünde er auf einem ungeheuren Käfig, darin Scharen blutdürstiger Raubtiere eingekerkert seien, die, vor Hunger und Wut brüllend, ihre Tatzen und Zähne in die Wände ihres Kerkers knirschend eingruben.

Von allen Seiten prasselten die Sprünge durch das Eis.

Kielblock war am See groß geworden, er wußte, daß bei einer zwölfzölligen Eisdecke ein Einbruch unmöglich sei. Seine Phantasie indes begann zu schweifen und gehorchte nicht mehr ganz seinem gesunden Urteil. Es kam ihm zuweilen vor, als öffneten sich unter ihm schwarze Abgründe, um ihn samt Weib und Kind einzuschlingen.

Ein gewitterartiges Grollen wälzte sich fernher und endete in einem dumpfen Schlag dicht unter seinen Füßen.

Die Frau schrie auf.

Eben wollte er fragen, ob sie verrückt geworden sei, da bemerkte er etwas, das ihm den Laut in die Kehle zurücktrieb. Der einzige Lichtpunkt, welcher ihn bisher geleitet, bewegte sich – wurde blasser und blasser – zuckte auf – flackerte und – verschwand schließlich ganz.

»Um Jottes willen, was fällt Muttern ein«, stieß er unwillkürlich hervor, und jach wie ein Blitzstrahl durchfuhr sein Gehirn das Bewußtsein einer wirklichen Gefahr.

Er hatte angehalten und rieb sich die Augen; war es Wirklichkeit oder Täuschung? Fast glaubte er an die letztere; das Lichtbild der Netzhaut täuschte ihn. Endlich zerrann auch dieses, und nun kam er sich vor wie in Finsternis ertrunken. Noch glaubte er indes, die Richtung genau zu wissen, in welcher das Licht erloschen war, und fuhr pfeilgeschwind darauf zu.

Unter das Getöse des Sees mischte sich die Stimme seiner Frau, welche vor ihm aus der Finsternis drang und ihm allerhand Vorwürfe machte; warum man nicht zu Hause geblieben, und so weiter.

Es vergingen einige Minuten. Endlich glaubte man Hundegebell zu hören. – Kielblock atmete erleichtert auf. Da – ein verzweifelter Schrei – ein Ruck – die Funken stoben unter seinen Stahlschuhen hervor; mit fast übermenschlicher Kraft riß er den Schlitten herum und hielt an.

Der rechte Arm seiner Frau umklammerte zitternd und krampfhaft den seinen. Er wußte, sie hatte den Tod geschaut.

»Sei ruhig, Miezchen, et is ja nichts«, tröstete er mit bebender Stimme, und doch war ihm selbst gewesen, als habe eine schneekalte, verweste Hand an sein heißes Herz gegriffen.

Die junge Frau bebte wie Espenlaub; ihre Zunge schien gelähmt. »Oh! oh! ... mein Gott ... mein Gott!« war alles, was sie hervorbrachte.

»Was aber in aller Welt ist denn los, Menschenskind, so sprich doch, um Himmels willen sprich doch!«

»Dort ... dort ...«, stieß sie hervor. »Ich hab's gehört ... ganz deutlich ... Wasser ... Wasser, das offne Wasser!«

Er lauschte gespannt. »Ich höre nichts!«

»Ich hab's gesehen, wahrhaftig, ich hab's gesehen, ganz deutlich ... dicht vor mir ... wahrhaftig.«

Kielblock versuchte, die dicke Luft mit den Blikken zu durchbohren – vergebens. Es war ihm, als habe man ihm die Augen aus dem Kopfe genommen und er mühe sich ab, mit den Höhlen zu sehen. »Ich sehe nichts.«

Die Frau beruhigte sich ein wenig. »Aber et riecht doch wie Wasser.«

Er erklärte, sie habe geträumt, und fühlte doch seine Angst wachsen.

Gustavchen schlief.

Langsam wollte er weiterfahren; aber seine Frau stemmte sich dagegen mit allen Kräften der Todesangst. In weinerlichen Lauten beschwor sie ihn, umzukehren; als er nicht still hielt, gebärdete sie sich wie eine Wahnsinnige: »Es bricht, es bricht!«

Nun riß ihm die Geduld. Er schalt seine Frau, sie sei schuld mit ihrem verfluchten Geheul, wenn er samt ihr und dem Kinde ersöffe. Sie sollte das Maul halten, oder er ließe sie, so wahr er Kielblock heiße, allein mitten auf dem See stehen und führe davon. Als alles nichts half, verlor er die Besinnung und schwatzte sinnloses Zeug durcheinander. Hierzu kam noch, daß er nun wirklich nicht mehr wußte, wohin er sich wenden sollte. Die Stelle aber, auf der er stand, schien ihm mürbe und unsicher. Vergebens suchte er die furchtbare Angst zu bemeistern, welche auch ihn mehr und mehr zu beherrschen begann. Die Gaukeleien erfüllten sein Hirn, er zitterte, er röchelte Stoßgebete; sollte es denn wirklich und wahrhaftig zu Ende gehen? Heute rot, morgen tot – er hatte es nie begriffen. Heute rot, morgen tot – morgen – tot – was war das: »tot«? Er hatte es bisher nicht gewußt, aber jetzt – nein, nein!

Kaltes Entsetzen faßte ihn; er wendete den

Schlitten, er nahm einen Anlauf mit letzter, gewaltiger Kraftanstrengung – Rettung um jeden Preis, und nun – ein klatschendes Geräusch, ein Spritzen, Schäumen und Prickeln aufgestörter Wassermassen – ihm verging das Bewußtsein.

Ein Augenblick, und er wußte, daß er geradeswegs in die offene Stelle des Sees hineingefahren sei. Seine kräftigen Glieder durchwühlten das schwarze Wasser; er stampfte die eiskalte Flut mit übermenschlicher Kraft, bis er fühlte, daß er wieder atmen konnte.

Ein Schrei entrang sich seiner Brust, weithin gellend – ein zweiter – ein dritter, die Lunge mochte mitgehen, der Kehlkopf zerspringen; ihm grauste vor dem Laut der eigenen Kehle, aber er schrie – er brüllte wie ein Tier: »Hilfe, helft uns – wir ertrinken – Hilfe!«

Gurgelnd versank er dann und der Schrei mit ihm, bis er wieder auftauchte und ihn von neuem herausheulte.

Er hob die Rechte über Wasser, er suchte immer schreiend nach Halt – umsonst; wieder versank er. Als er auftauchte, war es licht um ihn. Drei Armlängen etwa zu seiner Linken begann die Eiskruste, die sich hier in großem Bogen um einen offenen Wasserspiegel zog. Er strebte sie zu erreichen. Noch einmal sank er, endlich griff er sie, seine Finger glitten ab, er versuchte aufs neue und grub sie ein, als wären es Krallen – er zog sich empor. Bis zu den Schultern war er über Wasser, seine angststieren Augen dicht über der jetzt wieder weiß im Mondschein brennenden Eisfläche. Da – da lag sein Häuschen – weiterhin das Dorf, und dort – wahrhaftig – Laternen – Lichter – Rettung! Wieder durchzitterte sein Ruf die Nacht.

Er horchte gespannt.

Hoch aus der Luft fiel ein Laut. Wildgänse strichen durch den Kuppelsaal der Sterne und jetzt, einzelne dunkle Punkte, durch den Vollmond. Hinter sich vernahm er ein Brodeln und Gären der Wasser. Blasen stiegen, er fühlte sein Blut erstarren; ihn schauderte, sich zu wenden, und er wandte sich doch. Eine dunkle Masse quoll auf und versank in Zwischenräumen. Ein Schuh, eine Hand, eine Pelzmütze wurde sichtbar; das Ganze wälzte sich näher und näher, er wollte es haschen, aber wieder versank es.

Ein todbanger Moment – dann wahnsinniges Gelächter. Er fühlte, wie ein Etwas sich von unten her um ihn klammerte; erst griff es seinen Fuß – nun umschnürte es seine Beine – bis zum Herzen kam es herauf – sein Blick verglaste – seine Hände glitten ab – er sank – dumpfes fernes Brausen – ein Gewirr von Bildern und Gedanken – dann – der Tod.

Man hatte im Dorf den Hilferuf vernommen.

Arbeiter und Fischer sammelten sich auf der

Unglücksstätte. Nach Verlauf einer Stunde zog man die Leiche eines Kindes aufs Eis. Man schloß aus dem Alter desselben, daß noch ein Erwachsener ertrunken sein müßte.

Als weitere Nachforschungen erfolglos blieben, meinte ein Fischer, man solle Netze auslegen. In Netzen fing man denn auch, gegen drei Uhr des Morgens, die Leichen des jungen Ehepaares.

Da lag nun der lustige Segelmacher mit verzerrtem, gedunsenem Gesicht, mit gebrochenen Augen die Tücke des Himmels anklagend. Seine Kleider trieften, aus seinen Taschen flossen schwarze Wasserlachen. Als man ihn auf eine Bahre lud, fiel eine Anzahl kleiner Münzen klingend aufs Eis.

Die drei Leichen wurden erkannt und nach dem Kielblockschen Hause geschafft.

Man fand die Tür desselben verschlossen; kein Licht leuchtete aus den Fenstern. Ein Hund bellte innen, aber selbst auf wiederholtes Klopfen öffnete niemand. Ein Fischer stieg durch das Fenster in die finstere Wohnstube; seine Laterne erleuchtete dieselbe nur mäßig, sie war leer. Mit seinen Wasserstiefeln ein lautes Geräusch machend, von einem kleinen braunen Hündchen angekläfft, schritt er quer hindurch und gelangte an eine Tür, die er ohne weiteres aufstieß. Ein Laut der Verwunderung entfuhr ihm.

Inmitten eines fensterlosen Alkovens saß eine

steinalte Frau; sie war über einem grünen Kasten, welcher mit Gold-, Silber- und Kupfermünzen angefüllt offen am Boden stand, eingenickt. Ihre rechte Hand stak bis über die Knöchel im Metall, auf ihrer linken ruhte das Gesicht. Über ihren fast kahlen Scheitel warf das spärliche Flämmchen der herabgebrannten Lampe ein dunstiges, falbes Licht.

Bahnwärter Thiel

Entstehungszeit: 1887.

Erstveröffentlichung: Unter dem Titel »Bahnwärter Thiel. Novellistische Studie aus dem märkischen Kiefernforst« in der Zeitschrift »Die Gesellschaft« 1888.

Erste Einzelausgabe: Der Apostel. Bahnwärter Thiel. Novellistische Studien. Berlin, S. Fischer 1892.

1

Allsonntäglich saß der Bahnwärter Thiel in der Kirche zu Neu-Zittau, ausgenommen die Tage, an denen er Dienst hatte oder krank war und zu Bette lag. Im Verlaufe von zehn Jahren war er zweimal krank gewesen; das eine Mal infolge eines vom Tender einer Maschine während des Vorbeifahrens herabgefallenen Stückes Kohle, welches ihn getroffen und mit zerschmettertem Bein in den Bahngraben geschleudert hatte; das andere Mal einer Weinflasche wegen, die aus dem vorüberrasenden Schnellzuge mitten auf seine Brust geflogen war. Außer diesen beiden Unglücksfällen hatte nichts vermocht, ihn, sobald er frei war, von der Kirche fernzuhalten.

Die ersten fünf Jahre hatte er den Weg von Schön-Schornstein, einer Kolonie an der Spree, herüber nach Neu-Zittau allein machen müssen. Eines schönen Tages war er dann in Begleitung eines schmächtigen und kränklich aussehenden Frauenzimmers erschienen, die, wie die Leute meinten, zu seiner herkulischen Gestalt wenig gepaßt hatte. Und wiederum eines schönen Sonntagnachmittags reichte er dieser selben Person am Altare der Kirche feierlich die Hand zum Bunde fürs Leben. Zwei Jahre nun saß das junge, zarte Weib ihm zur Seite in der Kirchenbank; zwei Jahre blickte ihr hohlwangiges, feines Gesicht neben seinem vom Wetter gebräunten in das uralte Gesangbuch –; und plötzlich saß der Bahnwärter wieder allein wie zuvor.

An einem der vorangegangenen Wochentage hatte die Sterbeglocke geläutet; das war das Ganze.

An dem Wärter hatte man, wie die Leute versicherten, kaum eine Veränderung wahrgenommen. Die Knöpfe seiner sauberen Sonntagsuniform waren so blank geputzt als je zuvor, seine roten Haare so wohl geölt und militärisch gescheitelt wie immer, nur daß er den breiten, behaarten Nacken ein wenig gesenkt trug und noch eifriger der Predigt lauschte oder sang, als er es früher getan hatte. Es war die allgemeine Ansicht, daß ihm der Tod seiner Frau nicht sehr nahegegangen sei, und diese Ansicht erhielt eine Bekräftigung, als sich Thiel nach Verlauf eines Jahres zum zweiten Male, und zwar mit einem dicken und starken Frauenzimmer, einer Kuhmagd aus Alte-Grund, verheiratete.

Auch der Pastor gestattete sich, als Thiel die Trauung anmelden kam, einige Bedenken zu äußern:

»Ihr wollt also schon wieder heiraten?«

»Mit der Toten kann ich nicht wirtschaften, Herr Prediger!«

»Nun ja wohl. Aber ich meine – Ihr eilt ein wenig.«

»Der Junge geht mir drauf, Herr Prediger.«

Thiels Frau war im Wochenbett gestorben, und der Junge, welchen sie zur Welt gebracht, lebte und hatte den Namen Tobias erhalten.

»Ach so, der Junge«, sagte der Geistliche und machte eine Bewegung, die deutlich zeigte, daß er sich des Kleinen erst jetzt erinnere. »Das ist etwas andres – wo habt Ihr ihn denn untergebracht, während Ihr im Dienst seid?«

Thiel erzählte nun, wie er Tobias einer alten Frau übergeben, die ihn einmal beinahe habe verbrennen lassen, während er ein anderes Mal von ihrem Schoß auf die Erde gekugelt sei, ohne glücklicherweise mehr als eine große Beule davonzutragen. Das könne nicht so weitergehen, meinte er, zudem da der Junge, schwächlich wie er sei, eine ganz besondre Pflege benötige. Deswegen und ferner, weil er der Verstorbenen in die Hand gelobt, für die Wohlfahrt des Jungen zu jeder Zeit ausgiebig Sorge zu tragen, habe er sich zu dem Schritte entschlossen. –

Gegen das neue Paar, welches nun allsonntäglich zur Kirche kam, hatten die Leute äußerlich durchaus nichts einzuwenden. Die frühere Kuhmagd schien für den Wärter wie geschaffen. Sie war kaum einen halben Kopf kleiner als er und übertraf ihn an Gliederfülle. Auch war ihr Gesicht ganz so grob geschnitten wie das seine, nur daß ihm im Gegensatz zu dem des Wärters die Seele abging.

Wenn Thiel den Wunsch gehegt hatte, in seiner zweiten Frau eine unverwüstliche Arbeiterin, eine musterhafte Wirtschafterin zu haben, so war dieser Wunsch in überraschender Weise in Erfüllung gegangen. Drei Dinge jedoch hatte er, ohne es zu wissen, mit seiner Frau in Kauf genommen: eine harte, herrschsüchtige Gemütsart, Zanksucht und brutale Leidenschaftlichkeit. Nach Verlauf eines halben Jahres war es ortsbekannt, wer in dem Häuschen des Wärters das Regiment führte. Man bedauerte den Wärter.

Es sei ein Glück für »das Mensch«, daß sie so ein gutes Schaf wie den Thiel zum Manne bekommen habe, äußerten die aufgebrachten Ehemänner; es gäbe welche, bei denen sie greulich anlaufen würde. So ein »Tier« müsse doch kirre zu machen sein, meinten sie, und wenn es nicht anders ginge dann mit Schlägen. Durchgewalkt müsse sie werden, aber dann gleich so, daß es zöge.

Sie durchzuwalken aber war Thiel trotz seiner sehnigen Arme nicht der Mann. Das, worüber sich die Leute ereiferten, schien ihm wenig Kopfzerbrechen zu machen. Die endlosen Predigten seiner Frau ließ er gewöhnlich wortlos über sich ergehen, und wenn er einmal antwortete, so stand das schleppende Zeitmaß sowie der leise, kühle Ton seiner Rede in seltsamstem Gegensatz zu dem kreischenden Gekeif seiner Frau. Die Außenwelt schien ihm wenig anhaben zu können: es war, als trüge er etwas in sich, wodurch er alles Böse, was sie ihm antat, reichlich mit Gutem aufgewogen erhielt.

Trotz seines unverwüstlichen Phlegmas hatte er doch Augenblicke, in denen er nicht mit sich spaßen ließ. Es war dies immer anläßlich solcher Dinge, die Tobiaschen betrafen. Sein kindgutes, nachgiebiges Wesen gewann dann einen Anstrich von Festigkeit, dem selbst ein so unzähmbares Gemüt wie das Lenens nicht entgegenzutreten wagte.

Die Augenblicke indes, darin er diese Seite seines Wesens herauskehrte, wurden mit der Zeit immer seltener und verloren sich zuletzt ganz. Ein gewisser leidender Widerstand, den er der Herrschsucht Lenens während des ersten Jahres entgegengesetzt, verlor sich ebenfalls im zweiten. Er ging nicht mehr mit der früheren Gleichgültigkeit zum Dienst, nachdem er einen Auftritt mit ihr gehabt, wenn er sie nicht vorher besänftigt hatte. Er ließ sich am Ende nicht selten herab, sie zu bitten, doch wieder gut zu sein. – Nicht wie sonst mehr war ihm sein einsamer Posten inmitten des märkischen Kiefernforstes sein liebster Aufenthalt. Die stillen, hingebenden Gedanken an sein verstorbenes Weib wurden von denen an die Lebende durchkreuzt. Nicht widerwillig, wie die erste Zeit, trat er den Heimweg an, sondern mit leidenschaftlicher Hast, nachdem er vorher oft Stunden und Minuten bis zur Zeit der Ablösung gezählt hatte.

Er, der mit seinem ersten Weibe durch eine mehr vergeistigte Liebe verbunden gewesen war, geriet durch die Macht roher Triebe in die Gewalt seiner zweiten Frau und wurde zuletzt in allem fast unbedingt von ihr abhängig. – Zuzeiten empfand er Gewissensbisse über diesen Umschwung der Dinge, und er bedurfte einer Anzahl außergewöhnlicher Hilfsmittel, um sich darüber hinwegzuhelfen. So erklärte er sein Wärterhäuschen und die Bahnstrecke, die er zu besorgen hatte, insgeheim gleichsam für geheiligtes Land, welches ausschließlich den Manen der Toten gewidmet sein sollte. Mit Hilfe von allerhand Vorwänden war es ihm in der Tat bisher gelungen, seine Frau davon abzuhalten, ihn dahin zu begleiten.

Er hoffte es auch fernerhin tun zu können. Sie hätte nicht gewußt, welche Richtung sie einschlagen sollte, um seine »Bude«, deren Nummer sie nicht einmal kannte, aufzufinden.

Dadurch, daß er die ihm zu Gebote stehende Zeit somit gewissenhaft zwischen die Lebende und die Tote zu teilen vermochte, beruhigte Thiel sein Gewissen in der Tat.

Oft freilich und besonders in Augenblicken einsamer Andacht, wenn er recht innig mit der Verstorbenen verbunden gewesen war, sah er seinen jetzigen Zustand im Lichte der Wahrheit und empfand davor Ekel.

Hatte er Tagdienst, so beschränkte sich sein geistiger Verkehr mit der Verstorbenen auf eine Menge lieber Erinnerungen aus der Zeit seines Zusammenlebens mit ihr. Im Dunkel jedoch, wenn der Schneesturm durch die Kiefern und über die Strecke raste, in tiefer Mitternacht beim Scheine seiner Laterne, da wurde das Wärterhäuschen zur Kapelle.

Eine verblichene Photographie der Verstorbenen vor sich auf dem Tisch, Gesangbuch und Bibel aufgeschlagen, las und sang er abwechselnd die lange Nacht hindurch, nur von den in Zwischenräumen vorbeitobenden Bahnzügen unterbrochen, und geriet hierbei in eine Ekstase, die sich zu Gesichten steigerte, in denen er die Tote leibhaftig vor sich sah.

Der Posten, den der Wärter nun schon zehn volle Jahre ununterbrochen innehatte, war aber in seiner Abgelegenheit dazu angetan, seine mystischen Neigungen zu fördern.

Nach allen vier Windrichtungen mindestens durch einen dreiviertelstündigen Weg von jeder menschlichen Wohnung entfernt, lag die Bude inmitten des Forstes dicht neben einem Bahnübergang, dessen Barrieren der Wärter zu bedienen hatte.

Im Sommer vergingen Tage, im Winter Wochen, ohne daß ein menschlicher Fuß, außer denen des Wärters und seines Kollegen, die Strecke passierte. Das Wetter und der Wechsel der Jahreszeiten brachten in ihrer periodischen Wiederkehr fast die einzige Abwechslung in diese Einöde. Die Ereignisse, welche im übrigen den regelmäßigen Ablauf der Dienstzeit Thiels außer den beiden Unglücksfällen unterbrochen hatten, waren unschwer zu überblicken. Vor vier Jahren war der kaiserliche Extrazug, der den Kaiser nach Breslau gebracht hatte, vorübergejagt. In einer Winternacht hatte der Schnellzug einen Rehbock überfahren. An einem heißen Sommertage hatte Thiel bei seiner Streckenrevision eine verkorkte Weinflasche gefunden, die sich glühend heiß anfaßte und deren Inhalt deshalb von ihm für sehr gut gehalten wurde, weil er nach Entfernung des Korkes einer Fontäne gleich herausquoll, also augenscheinlich gegoren war. Diese Flasche, von Thiel in den seichten Rand eines Waldsees gelegt, um abzukühlen, war von dort auf irgendwelche Weise abhanden gekommen, so daß er noch nach Jahren ihren Verlust bedauern mußte.

Einige Zerstreuung vermittelte dem Wärter ein Brunnen dicht hinter seinem Häuschen. Von Zeit zu Zeit nahmen in der Nähe beschäftigte Bahn-

oder Telegraphenarbeiter einen Trunk daraus, wobei natürlich ein kurzes Gespräch mit unterlief. Auch der Förster kam zuweilen, um seinen Durst zu löschen.

Tobias entwickelte sich nur langsam; erst gegen Ablauf seines zweiten Lebensjahres lernte er notdürftig sprechen und gehen. Dem Vater bewies er eine ganz besondere Zuneigung. Wie er verständiger wurde, erwachte auch die alte Liebe des Vaters wieder. In dem Maße, wie diese zunahm, verringerte sich die Liebe der Stiefmutter zu Tobias und schlug sogar in unverkennbare Abneigung um, als Lene nach Verlauf eines neuen Jahres ebenfalls einen Jungen gebar.

Von da ab begann für Tobias eine schlimme Zeit. Er wurde besonders in Abwesenheit des Vaters unaufhörlich geplagt und mußte ohne die geringste Belohnung dafür seine schwachen Kräfte im Dienste des kleinen Schreihalses einsetzen, wobei er sich mehr und mehr aufrieb. Sein Kopf bekam einen ungewöhnlichen Umfang; die brandroten Haare und das kreidige Gesicht darunter machten einen unschönen und im Verein mit der übrigen kläglichen Gestalt erbarmungswürdigen Eindruck. Wenn sich der zurückgebliebene Tobias solchergestalt, das kleine, von Gesundheit strotzende Brüderchen auf dem Arme, hinunter zur Spree schleppte, so wurden hinter den Fenstern der Hütten Verwünschungen laut, die sich jedoch niemals hervorwagten. Thiel aber, welchen die Sache doch vor allem anging, schien keine Augen für sie zu haben und wollte auch die Winke nicht verstehen, welche ihm von wohlmeinenden Nachbarsleuten gegeben wurden.

2

An einem Junimorgen gegen sieben Uhr kam Thiel aus dem Dienst. Seine Frau hatte nicht so bald ihre Begrüßung beendet, als sie schon in gewohnter Weise zu lamentieren begann. Der Pachtacker, welcher bisher den Kartoffelbedarf der Familie gedeckt hatte, war vor Wochen gekündigt worden, ohne daß es Lenen bisher gelungen war, einen Ersatz dafür ausfindig zu machen. Wenngleich nun die Sorge um den Acker zu ihren Obliegenheiten gehörte, so mußte doch Thiel ein Mal übers andere hören, daß niemand als er daran schuld sei, wenn man in diesem Jahre zehn Sack Kartoffeln für schweres Geld kaufen müsse. Thiel brummte nur und begab sich, Lenens Reden wenig Beachtung schenkend, sogleich an das Bett seines Ältesten, welches er in den Nächten, wo er nicht im Dienst war, mit ihm teilte. Hier ließ er sich nieder und beobachtete mit einem sorglichen Ausdruck seines guten Gesichts das schlafende Kind, welches er, nachdem er die zudringlichen Fliegen eine Weile von ihm abgehalten, schließlich weckte. In den blauen, tiefliegenden Augen des Erwachenden malte sich eine rührende Freude. Er griff hastig nach der Hand des Vaters, indes sich seine Mundwinkel zu einem kläglichen Lächeln verzogen. Der Wärter half ihm sogleich beim Anziehen der wenigen Kleidungsstücke, wobei plötzlich etwas wie ein Schatten durch seine Mienen lief, als er bemerkte, daß sich auf der rechten, ein wenig angeschwollenen Backe einige Fingerspuren weiß in rot abzeichneten.

Als Lene beim Frühstück mit vergrößertem Eifer auf vorberegte Wirtschaftsangelegenheit zurückkam, schnitt er ihr das Wort ab mit der Nachricht, daß ihm der Bahnmeister ein Stück Land längs des Bahndammes in unmittelbarer Nähe des Wärterhauses umsonst überlassen habe, angeblich weil es ihm, dem Bahnmeister, zu abgelegen sei.

Lene wollte das anfänglich nicht glauben. Nach und nach wichen jedoch ihre Zweifel, und nun geriet sie in merklich gute Laune. Ihre Fragen nach Größe und Güte des Ackers sowie andre mehr verschlangen sich förmlich, und als sie erfuhr, daß bei alledem noch zwei Zwergobstbäume darauf stünden, wurde sie rein närrisch. Als nichts mehr zu erfragen übrigblieb, zudem die Türglocke des Krämers, die man, beiläufig gesagt, in jedem einzelnen Hause des Ortes vernehmen konnte, unaufhörlich anschlug, schoß sie davon, um die Neuigkeiten im Örtchen auszusprengen.

Während Lene in die dunkle, mit Waren überfüllte Kammer des Krämers kam, beschäftigte sich der Wärter daheim ausschließlich mit Tobias. Der Junge saß auf seinen Knien und spielte mit einigen Kiefernzapfen, die Thiel mit aus dem Walde gebracht hatte.

»Was willst du werden?« fragte ihn der Vater, und diese Frage war stereotyp wie die Antwort des Jungen: »Ein Bahnmeister.« Es war keine Scherzfrage, denn die Träume des Wärters verstiegen sich in der Tat in solche Höhen, und er hegte allen Ernstes den Wunsch und die Hoffnung, daß aus Tobias mit Gottes Hilfe etwas Außergewöhnliches werden sollte. Sobald die Antwort »Ein Bahnmeister« von den blutlosen Lippen des Kleinen kam, der natürlich nicht wußte, was sie bedeuten sollte, begann Thiels Gesicht sich aufzuhellen, bis es förmlich strahlte von innerer Glückseligkeit.

»Geh, Tobias, geh spielen!« sagte er kurz darauf, indem er eine Pfeife Tabak mit einem im Herdfeuer entzündeten Span in Brand steckte, und der Kleine drückte sich alsbald in scheuer Freude zur Türe hinaus. Thiel entkleidete sich, ging zu Bett und entschlief, nachdem er geraume Zeit gedankenvoll die niedrige und rissige Stubendecke angestarrt hatte. Gegen zwölf Uhr mittags erwachte er, kleidete sich an und ging, während seine Frau in ihrer lärmenden Weise das Mittagbrot bereitete, hinaus auf die Straße, wo er Tobiaschen sogleich aufgriff, der mit den Fingern Kalk aus einem Loche in der Wand kratzte und in den Mund steckte. Der Wärter nahm ihn bei der Hand und ging mit ihm an den etwa acht Häuschen des Ortes vorüber bis hinunter zur Spree, die schwarz und glasig zwischen schwach belaubten Pappeln lag. Dicht am Rande des Wassers befand sich ein Granitblock, auf welchem Thiel sich niederließ.

Der ganze Ort hatte sich gewöhnt, ihn bei nur irgend erträglichem Wetter an dieser Stelle zu erblicken. Die Kinder besonders hingen an ihm, nannten ihn »Vater Thiel« und wurden von ihm in mancherlei Spielen unterrichtet, deren er sich aus seiner Jugendzeit erinnerte. Das Beste jedoch von dem Inhalt seiner Erinnerungen war für Tobias. Er schnitzelte ihm Fitschepfeile, die höher flogen als die aller anderen Jungen. Er schnitt ihm Weidenpfeifchen und ließ sich sogar herbei, mit seinem verrosteten Baß das Beschwörungslied zu singen, während er mit dem Horngriff seines Taschenmessers die Rinde leise klopfte.

Die Leute verübelten ihm seine Läppschereien; es war ihnen unerfindlich, wie er sich mit den Rotznasen so viel abgeben konnte. Im Grunde durften sie jedoch damit zufrieden sein, denn die Kinder waren unter seiner Obhut gut aufgehoben.

Überdies nahm Thiel auch ernste Dinge mit ihnen vor, hörte den Großen ihre Schulaufgaben ab, half ihnen beim Lernen der Bibel- und Gesangbuchverse und buchstabierte mit den Kleinen a–b–ab, d–u–du, und so fort.

Nach dem Mittagessen legte sich der Wärter abermals zu kurzer Ruhe nieder. Nachdem sie beendigt, trank er den Nachmittagskaffee und begann gleich darauf sich für den Gang in den Dienst vorzubereiten. Er brauchte dazu, wie zu allen seinen Verrichtungen, viel Zeit; jeder Handgriff war seit Jahren geregelt; in stets gleicher Reihenfolge wanderten die sorgsam auf der kleinen Nußbaumkommode ausgebreiteten Gegenstände: Messer, Notizbuch, Kamm, ein Pferdezahn, die alte, eingekapselte Uhr, in die Taschen seiner Kleider. Ein kleines, in rotes Papier eingeschlagenes Büchelchen wurde mit besonderer Sorgfalt behandelt. Es lag während der Nacht unter dem Kopfkissen des Wärters und wurde am Tage von ihm stets in der Brusttasche des Dienstrockes herumgetragen. Auf der Etikette unter dem Umschlag stand in unbeholfenen, aber verschnörkelten Schriftzügen, von Thiels Hand geschrieben: »Sparkassenbuch des Tobias Thiel«.

Die Wanduhr mit dem langen Pendel und dem gelbsüchtigen Zifferblatt zeigte dreiviertel fünf, als Thiel fortging. Ein kleiner Kahn, sein Eigentum, brachte ihn über den Fluß. Am jenseitigen

Spreeufer blieb er einige Male stehen und lauschte nach dem Ort zurück. Endlich bog er in einen breiten Waldweg und befand sich nach wenigen Minuten inmitten des tiefaufrauschenden Kiefernforstes, dessen Nadelmassen einem schwarzgrünen, wellenwerfenden Meere glichen. Unhörbar wie auf Filz schritt er über die feuchte Moos- und Nadelschicht des Waldbodens. Er fand seinen Weg, ohne aufzublicken, hier durch die rostbraunen Säulen des Hochwaldes, dort weiterhin durch dichtverschlungenes Jungholz, noch weiter über ausgedehnte Schonungen, die von einzelnen hohen und schlanken Kiefern überschattet wurden, welche man zum Schutze für den Nachwuchs aufbehalten hatte. Ein bläulicher, durchsichtiger, mit allerhand Düften geschwängerter Dunst stieg aus der Erde auf und ließ die Formen der Bäume verwaschen erscheinen. Ein schwerer, milchiger Himmel hing tief herab über die Baumwipfel. Krähenschwärme badeten gleichsam im Grau der Luft, unaufhörlich ihre knarrenden Rufe ausstoßend. Schwarze Wasserlachen füllten die Vertiefungen des Weges und spiegelten die trübe Natur noch trüber wider.

Ein furchtbares Wetter, dachte Thiel, als er aus tiefem Nachdenken erwachte und aufschaute.

Plötzlich jedoch bekamen seine Gedanken eine andere Richtung. Er fühlte dunkel, daß er etwas daheim vergessen haben müsse, und wirklich vermißte er beim Durchsuchen seiner Taschen das Butterbrot, welches er der langen Dienstzeit halber stets mitzunehmen genötigt war. Unschlüssig blieb er eine Weile stehen, wandte sich dann aber plötzlich und eilte in der Richtung des Dorfes zurück.

In kurzer Zeit hatte er die Spree erreicht, setzte mit wenigen kräftigen Ruderschlägen über und stieg gleich darauf, am ganzen Körper schwitzend, die sanft ansteigende Dorfstraße hinauf. Der alte, schäbige Pudel des Krämers lag mitten auf der Straße. Auf dem geteerten Plankenzaune eines Kossätenhofes saß eine Nebelkrähe. Sie spreizte die Federn, schüttelte sich, nickte, stieß ein ohrenzerreißendes Krä-krä aus und erhob sich mit pfeifendem Flügelschlag, um sich vom Winde in der Richtung des Forstes davontreiben zu lassen.

Von den Bewohnern der kleinen Kolonie, etwa zwanzig Fischern und Waldarbeitern mit ihren Familien, war nichts zu sehen.

Der Ton einer kreischenden Stimme unterbrach die Stille so laut und schrill, daß der Wärter unwillkürlich mit Laufen innehielt. Ein Schwall heftig herausgestoßner, mißtönender Laute schlug an sein Ohr, die aus dem offnen Giebelfenster eines niedrigen Häuschens zu kommen schienen, welches er nur zu wohl kannte.

Das Geräusch seiner Schritte nach Möglichkeit dämpfend, schlich er sich näher und unterschied nun ganz deutlich die Stimme seiner Frau. Nur noch wenige Bewegungen, und die meisten ihrer Worte wurden ihm verständlich.

»Was, du unbarmherziger, herzloser Schuft! soll sich das elende Wurm die Plautze ausschreien vor Hunger? – wie? – na, wart nur, wart, ich will dich lehren aufpassen! – du sollst dran denken.« Einige Augenblicke blieb es still; dann hörte man ein Geräusch, wie wenn Kleidungsstücke ausgeklopft würden; unmittelbar darauf entlud sich ein neues Hagelwetter von Schimpfworten.

»Du erbärmlicher Grünschnabel«, scholl es im schnellsten Tempo herunter, »meinst du, ich sollte mein leibliches Kind wegen solch einem Jammerlappen, wie du bist, verhungern lassen?« – »Halt's Maul!« schrie es, als ein leises Wimmern hörbar wurde, »oder du sollst eine Portion kriegen, an der du acht Tage zu fressen hast.«

Das Wimmern verstummte nicht.

Der Wärter fühlte, wie sein Herz in schweren, unregelmäßigen Schlägen ging. Er begann leise zu zittern. Seine Blicke hingen wie abwesend am Boden fest, und die plumpe und harte Hand strich mehrmals ein Büschel nasser Haare zur Seite, das immer von neuem in die sommersprossige Stirne hineinfiel.

Einen Augenblick drohte es ihn zu überwältigen. Es war ein Krampf, der die Muskeln schwellen machte und die Finger der Hand zur Faust zusammenzog. Es ließ nach, und dumpfe Mattigkeit blieb zurück.

Unsicheren Schrittes trat der Wärter in den engen, ziegelgepflasterten Hausflur. Müde und langsam erklomm er die knarrende Holzstiege.

»Pfui, pfui, pfui!« hob es wieder an; dabei hörte man, wie jemand dreimal hintereinander mit allen Zeichen der Wut und Verachtung ausspie. »Du erbärmlicher, niederträchtiger, hinterlistiger, hämischer, feiger, gemeiner Lümmel!« Die Worte folgten einander in steigender Betonung, und die Stimme, welche sie herausstieß, schnappte zuweilen über vor Anstrengung. »Meinen Buben willst du schlagen, was? Du elende Göre unterstehst dich, das arme, hilflose Kind aufs Maul zu schlagen? – wie? – he, wie? – Ich will mich nur nicht dreckig machen an dir, sonst – . . .«

In diesem Augenblick öffnete Thiel die Tür des Wohnzimmers, weshalb der erschrockenen Frau das Ende des begonnenen Satzes in der Kehle steckenblieb. Sie war kreidebleich vor Zorn; ihre Lippen zuckten bösartig; sie hatte die Rechte erhoben, senkte sie und griff nach dem Milchtopf, aus dem sie ein Kinderfläschchen vollzufüllen versuchte. Sie ließ jedoch diese Arbeit, da der größte Teil der Milch über den Flaschenhals auf den Tisch rann, halb verrichtet, griff vollkommen fassungslos vor Erregung bald nach diesem, bald nach jenem Gegenstand, ohne ihn länger als einige

Augenblicke festhalten zu können, und ermannte sich endlich so weit, ihren Mann heftig anzulassen: was es denn heißen solle, daß er um diese ungewöhnliche Zeit nach Hause käme, er würde sie doch nicht etwa gar belauschen wollen. »Das wäre noch das Letzte«, meinte sie, und gleich darauf: sie habe ein reines Gewissen und brauche vor niemand die Augen niederzuschlagen.

Thiel hörte kaum, was sie sagte. Seine Blicke streiften flüchtig das heulende Tobiaschen. Einen Augenblick schien es, als müsse er gewaltsam etwas Furchtbares zurückhalten, was in ihm aufstieg; dann legte sich über die gespannten Mienen plötzlich das alte Phlegma, von einem verstohlnen begehrlichen Aufblitzen der Augen seltsam belebt. Sekundenlang spielte sein Blick über den starken Gliedmaßen seines Weibes, das, mit abgewandtem Gesicht herumhantierend, noch immer nach Fassung suchte. Ihre vollen, halbnackten Brüste blähten sich vor Erregung und drohten das Mieder zu sprengen, und ihre aufgerafften Röcke ließen die breiten Hüften noch breiter erscheinen. Eine Kraft schien von dem Weibe auszugehen, unbezwingbar, unentrinnbar, der Thiel sich nicht gewachsen fühlte.

Leicht gleich einem feinen Spinngewebe und doch fest wie ein Netz von Eisen legte es sich um ihn, fesselnd, überwindend, erschlaffend. Er hätte in diesem Zustand überhaupt kein Wort an sie zu richten vermocht, am allerwenigsten ein hartes, und so mußte Tobias, der in Tränen gebadet und verängstet in einer Ecke hockte, sehen, wie der Vater, ohne auch nur weiter nach ihm umzuschauen, das vergeßne Brot von der Ofenbank nahm, es der Mutter als einzige Erklärung hinhielt und mit einem kurzen, zerstreuten Kopfnicken sogleich wieder verschwand.

3

Obgleich Thiel den Weg in seine Waldeinsamkeit mit möglichster Eile zurücklegte, kam er doch erst fünfzehn Minuten nach der ordnungsgemäßen Zeit an den Ort seiner Bestimmung.

Der Hilfswärter, ein infolge des bei seinem Dienst unumgänglichen schnellen Temperaturwechsels schwindsüchtig gewordener Mensch, der mit ihm im Dienste abwechselte, stand schon fertig zum Aufbruch auf der kleinen, sandigen Plattform des Häuschens, dessen große Nummer schwarz auf weiß weithin durch die Stämme leuchtete.

Die beiden Männer reichten sich die Hände, machten sich einige kurze Mitteilungen und trennten sich. Der eine verschwand im Innern der Bude, der andre ging quer über die Strecke, die Fortsetzung jener Straße benutzend, welche Thiel gekommen war. Man hörte sein krampfhaftes Husten erst näher, dann ferner durch die Stämme, und mit ihm verstummte der einzige menschliche Laut in dieser Einöde. Thiel begann wie immer so auch heute damit, das enge, viereckige Steingebauer der Wärterbude auf seine Art für die Nacht herzurichten. Er tat es mechanisch, während sein Geist mit dem Eindruck der letzten Stunden beschäftigt war. Er legte sein Abendbrot auf den schmalen, braungestrichnen Tisch an einem der beiden schlitzartigen Seitenfenster, von denen aus man die Strecke bequem übersehen konnte. Hierauf entzündete er in dem kleinen, rostigen Öfchen ein Feuer und stellte einen Topf kalten Wassers darauf. Nachdem er schließlich noch in die Gerätschaften, Schaufel, Spaten, Schraubstock und so weiter, einige Ordnung gebracht hatte, begab er sich ans Putzen seiner Laterne, die er zugleich mit frischem Petroleum versorgte.

Als dies geschehen war, meldete die Glocke mit drei schrillen Schlägen, die sich wiederholten, daß ein Zug in der Richtung von Breslau her aus der nächstliegenden Station abgelassen sei. Ohne die mindeste Hast zu zeigen, blieb Thiel noch eine gute Weile im Innern der Bude, trat endlich, Fahne und Patronentasche in der Hand, langsam ins Freie und bewegte sich trägen und schlürfenden Ganges über den schmalen Sandpfad, dem etwa zwanzig Schritt entfernten Bahnübergang zu. Seine Barrieren schloß und öffnete Thiel vor und nach jedem Zuge gewissenhaft, obgleich der Weg nur selten von jemand passiert wurde.

Er hatte seine Arbeit beendet und lehnte jetzt wartend an der schwarz-weißen Sperrstange.

Die Strecke schnitt rechts und links gradlinig in den unabsehbaren grünen Forst hinein; zu ihren beiden Seiten stauten die Nadelmassen gleichsam zurück, zwischen sich eine Gasse frei lassend, die der rötlichbraune, kiesbestreute Bahndamm ausfüllte. Die schwarzen, parallellaufenden Geleise darauf glichen in ihrer Gesamtheit einer ungeheuren eisernen Netzmasche, deren schmale Strähne sich im äußersten Süden und Norden in einem Punkte des Horizontes zusammenzogen.

Der Wind hatte sich erhoben und trieb leise Wellen den Waldrand hinunter und in die Ferne hinein. Aus den Telegraphenstangen, die die Strecke begleiteten, tönten summende Akkorde. Auf den Drähten, die sich wie das Gewebe einer Riesenspinne von Stange zu Stange fortrankten, klebten in dichten Reihen Scharen zwitschernder Vögel. Ein Specht flog lachend über Thiels Kopf weg, ohne daß er eines Blickes gewürdigt wurde.

Die Sonne, welche soeben unter dem Rande mächtiger Wolken herabhing, um in das schwarzgrüne Wipfelmeer zu versinken, goß Ströme von Purpur über den Forst. Die Säulenarkaden der Kiefernstämme jenseit des Dammes entzündeten sich gleichsam von innen heraus und glühten wie Eisen.

Auch die Geleise begannen zu glühen, feurigen Schlangen gleich, aber sie erloschen zuerst; und nun stieg die Glut langsam vom Erdboden in die Höhe, erst die Schäfte der Kiefern, weiter den größten Teil ihrer Kronen in kaltem Verwesungslichte zurücklassend, zuletzt nur noch den äußersten Rand der Wipfel mit einem rötlichen Schimmer streifend. Lautlos und feierlich vollzog sich das erhabene Schauspiel. Der Wärter stand noch immer regungslos an der Barriere. Endlich trat er einen Schritt vor. Ein dunkler Punkt am Horizonte, da wo die Geleise sich trafen, vergrößerte sich. Von Sekunde zu Sekunde wachsend, schien er doch auf einer Stelle zu stehen. Plötzlich bekam er Bewegung und näherte sich. Durch die Geleise ging ein Vibrieren und Summen, ein rhythmisches Geklirr, ein dumpfes Getöse, das, lauter und lauter werdend, zuletzt den Hufschlägen eines heranbrausenden Reitergeschwaders nicht unähnlich war.

Ein Keuchen und Brausen schwoll stoßweise fernher durch die Luft. Dann plötzlich zerriß die Stille. Ein rasendes Tosen und Toben erfüllte den Raum, die Geleise bogen sich, die Erde zitterte – ein starker Luftdruck – eine Wolke von Staub, Dampf und Qualm, und das schwarze, schnaubende Ungetüm war vorüber. So wie sie anwuchsen, starben nach und nach die Geräusche. Der

Dunst verzog sich. Zum Punkte eingeschrumpft, schwand der Zug in der Ferne, und das alte heil'ge Schweigen schlug über dem Waldwinkel zusammen.

»Minna«, flüsterte der Wärter, wie aus einem Traum erwacht, und ging nach seiner Bude zurück. Nachdem er sich einen dünnen Kaffee aufgebrüht, ließ er sich nieder und starrte, von Zeit zu Zeit einen Schluck zu sich nehmend, auf ein schmutziges Stück Zeitungspapier, das er irgendwo an der Strecke aufgelesen.

Nach und nach überkam ihn eine seltsame Unruhe. Er schob es auf die Backofenglut, welche das Stübchen erfüllte, und riß Rock und Weste auf, um sich zu erleichtern. Wie das nichts half, erhob er sich, nahm einen Spaten aus der Ecke und begab sich auf das geschenkte Äckerchen.

Es war ein schmaler Streifen Sandes, von Unkraut dicht überwuchert. Wie schneeweißer Schaum lag die junge Blütenpracht auf den Zweigen der beiden Zwergobstbäumchen, welche darauf standen.

Thiel wurde ruhig, und ein stilles Wohlgefallen beschlich ihn.

Nun also an die Arbeit.

Der Spaten schnitt knirschend in das Erdreich; die nassen Schollen fielen dumpf zurück und bröckelten auseinander.

Eine Zeitlang grub er ohne Unterbrechung. Dann hielt er plötzlich inne und sagte laut und vernehmlich vor sich hin, indem er dazu bedenklich den Kopf hin und her wiegte: »Nein, nein, das geht ja nicht«, und wieder: »Nein, nein, das geht ja gar nicht.«

Es war ihm plötzlich eingefallen, daß ja nun Lene des öftern herauskommen würde, um den Acker zu bestellen, wodurch dann die hergebrachte Lebensweise in bedenkliche Schwankungen geraten mußte. Und jäh verwandelte sich seine Freude über den Besitz des Ackers in Widerwillen. Hastig, wie wenn er etwas Unrechtes zu tun im Begriff gestanden hätte, riß er den Spaten aus der Erde und trug ihn nach der Bude zurück. Hier versank er abermals in dumpfe Grübelei. Er wußte kaum, warum, aber die Aussicht, Lene ganze Tage lang bei sich im Dienst zu haben, wurde ihm, sosehr er auch versuchte, sich damit zu versöhnen, immer unerträglicher. Es kam ihm vor, als habe er etwas ihm Wertes zu verteidigen, als versuchte jemand, sein Heiligstes anzutasten, und unwillkürlich spannten sich seine Muskeln in gelindem Krampfe, während ein kurzes, herausforderndes Lachen seinen Lippen entfuhr. Vom Widerhall dieses Lachens erschreckt, blickte er auf und verlor dabei den Faden seiner Betrachtungen. Als er ihn wiedergefunden, wühlte er sich gleichsam in den alten Gegenstand.

Und plötzlich zerriß etwas wie ein dichter, schwarzer Vorhang in zwei Stücke, und seine umnebelten Augen gewannen einen klaren Ausblick. Es war ihm auf einmal zumute, als erwache er aus einem zweijährigen totenähnlichen Schlaf und betrachte nun mit ungläubigem Kopfschütteln all das Haarsträubende, welches er in diesem Zustand begangen haben sollte. Die Leidensgeschichte seines Ältesten, welche die Eindrücke der letzten Stunden nur noch hatten besiegeln können, trat deutlich vor seine Seele. Mitleid und Reue ergriff ihn sowie auch eine tiefe Scham darüber, daß er diese ganze Zeit in schmachvoller Duldung hingelebt hatte, ohne sich des lieben, hilflosen Geschöpfes anzunehmen, ja ohne auch nur die Kraft zu finden, sich einzugestehen, wie sehr dieses litt.

Über den selbstquälerischen Vorstellungen all seiner Unterlassungssünden überkam ihn eine schwere Müdigkeit, und so entschlief er mit gekrümmtem Rücken, die Stirn auf die Hand, diese auf den Tisch gelegt.

Eine Zeitlang hatte er so gelegen, als er mit erstickter Stimme mehrmals den Namen »Minna« rief.

Ein Brausen und Sausen füllte sein Ohr, wie von unermeßlichen Wassermassen; es wurde dunkel um ihn, er riß die Augen auf und erwachte. Seine Glieder flogen, der Angstschweiß drang ihm aus allen Poren, sein Puls ging unregelmäßig, sein Gesicht war naß von Tränen.

Es war stockdunkel. Er wollte einen Blick nach der Tür werfen, ohne zu wissen, wohin er sich wenden sollte. Taumelnd erhob er sich, noch immer währte seine Herzensangst. Der Wald draußen rauschte wie Meeresbrandung, der Wind warf Hagel und Regen gegen die Fenster des Häuschens. Thiel tastete ratlos mit den Händen umher. Einen Augenblick kam er sich vor wie ein Ertrinkender – da plötzlich flammte es bläulich blendend auf, wie wenn Tropfen überirdischen Lichtes in die dunkle Erdatmosphäre herabsänken, um sogleich von ihr erstickt zu werden.

Der Augenblick genügte, um den Wärter zu sich selbst zu bringen. Er griff nach seiner Laterne, die er auch glücklich zu fassen bekam, und in diesem Augenblick erwachte der Donner am fernsten Saume des märkischen Nachthimmels. Erst dumpf und verhalten grollend, wälzte er sich näher in kurzen, brandenden Erzwellen, bis er, zu Riesenstößen anwachsend, sich endlich, die ganze Atmosphäre überflutend, dröhnend, schütternd und brausend entlud.

Die Scheiben klirrten, die Erde erbebte.

Thiel hatte Licht gemacht. Sein erster Blick, nachdem er die Fassung wiedergewonnen, galt der Uhr. Es lagen kaum fünf Minuten zwischen jetzt und der Ankunft des Schnellzuges. Da er glaubte, das Signal überhört zu haben, begab er sich, so schnell als Sturm und Dunkelheit erlaubten, nach der Barriere. Als er noch damit beschäftigt war, diese zu schließen, erklang die Signalglocke. Der Wind zerriß ihre Töne und warf sie nach allen Richtungen auseinander. Die Kiefern bogen sich und rieben unheimlich knarrend und quietschend ihre Zweige aneinander. Einen Augenblick wurde der Mond sichtbar, wie er gleich einer blaßgoldnen Schale zwischen den Wolken lag. In seinem Lichte sah man das Wühlen des Windes in den schwarzen Kronen der Kiefern. Die Blattgehänge der Birken am Bahndamm wehten und flatterten wie gespenstige Roßschweife. Darunter lagen die Linien der Geleise, welche, vor Nässe glänzend, das blasse Mondlicht in einzelnen Flecken aufsaugten.

Thiel riß die Mütze vom Kopfe. Der Regen tat ihm wohl und lief vermischt mit Tränen über sein Gesicht. Es gärte in seinem Hirn; unklare Erinnerungen an das, was er im Traum gesehen, verjagten einander. Es war ihm gewesen, als würde Tobias von jemand gemißhandelt, und zwar auf eine so entsetzliche Weise, daß ihm noch jetzt bei dem Gedanken daran das Herz stillestand. Einer anderen Erscheinung erinnerte er sich deutlicher. Er hatte seine verstorbene Frau gesehen. Sie war irgendwoher aus der Ferne gekommen, auf einem der Bahngeleise. Sie hatte recht kränklich ausgesehen, und statt der Kleider hatte sie Lumpen getragen. Sie war an Thiels Häuschen vorübergekommen, ohne sich darnach umzuschauen, und schließlich – hier wurde die Erinnerung undeutlich – war sie aus irgendwelchem Grunde nur mit großer Mühe vorwärts gekommen und sogar mehrmals zusammengebrochen.

Thiel dachte weiter nach, und nun wußte er, daß sie sich auf der Flucht befunden hatte. Es lag außer allem Zweifel, denn weshalb hätte sie sonst diese Blicke voll Herzensangst nach rückwärts gesandt und sich weitergeschleppt, obgleich ihr die Füße den Dienst versagten. O diese entsetzlichen Blicke!

Aber es war etwas, das sie mit sich trug, in Tücher gewickelt, etwas Schlaffes, Blutiges, Bleiches, und die Art, mit der sie darauf niederblickte, erinnerte ihn an Szenen der Vergangenheit.

Er dachte an eine sterbende Frau, die ihr kaum geborenes Kind, das sie zurücklassen mußte, unverwandt anblickte, mit einem Ausdruck tiefsten Schmerzes, unfaßbarer Qual, jenem Ausdruck, den Thiel ebensowenig vergessen konnte, wie daß er einen Vater und eine Mutter habe.

Wo war sie hingekommen? Er wußte es nicht. Das aber trat ihm klar vor die Seele: sie hatte sich von ihm losgesagt, ihn nicht beachtet, sie hatte sich fortgeschleppt immer weiter und weiter durch die stürmische, dunkle Nacht. Er hatte sie gerufen: »Minna, Minna«, und davon war er erwacht.

Zwei rote, runde Lichter durchdrangen wie die Glotzaugen eines riesigen Ungetüms die Dunkelheit. Ein blutiger Schein ging vor ihnen her, der die Regentropfen in seinem Bereich in Blutstropfen verwandelte. Es war, als fiele ein Blutregen vom Himmel.

Thiel fühlte ein Grauen und, je näher der Zug kam, eine um so größere Angst; Traum und Wirklichkeit verschmolzen ihm in eins. Noch immer sah er das wandernde Weib auf den Schienen, und seine Hand irrte nach der Patronentasche, als habe er die Absicht, den rasenden Zug zum Stehen zu bringen. Zum Glück war es zu spät, denn schon flirrte es vor Thiels Augen von Lichtern, und der Zug raste vorüber.

Den übrigen Teil der Nacht fand Thiel wenig Ruhe mehr in seinem Dienst. Es drängte ihn, daheim zu sein. Er sehnte sich, Tobiaschen wiederzusehen. Es war ihm zumute, als sei er durch Jahre von ihm getrennt gewesen. Zuletzt war er in steigender Bekümmernis um das Befinden des Jungen mehrmals versucht, den Dienst zu verlassen.

Um die Zeit hinzubringen, beschloß Thiel, sobald es dämmerte, seine Strecke zu revidieren. In der Linken einen Stock, in der Rechten einen langen eisernen Schraubschlüssel, schritt er denn auch alsbald auf dem Rücken einer Bahnsschiene in das schmutziggraue Zwielicht hinein.

Hin und wieder zog er mit dem Schraubschlüssel

einen Bolzen fest oder schlug an eine der runden Eisenstangen, welche die Geleise untereinander verbanden.

Regen und Wind hatten nachgelassen, und zwischen zerschlissenen Wolkenschichten wurden hie und da Stücke eines blaßblauen Himmels sichtbar.

Das eintönige Klappen der Sohlen auf dem harten Metall, verbunden mit dem schläfrigen Geräusch der tropfenschüttelnden Bäume, beruhigte Thiel nach und nach.

Um sechs Uhr früh wurde er abgelöst und trat ohne Verzug den Heimweg an.

Es war ein herrlicher Sonntagmorgen.

Die Wolken hatten sich zerteilt und waren mittlerweile hinter den Umkreis des Horizontes hinabgesunken. Die Sonne goß, im Aufgehen gleich einem ungeheuren blutroten Edelstein funkelnd, wahre Lichtmassen über den Forst.

In scharfen Linien schossen die Strahlenbündel durch das Gewirr der Stämme, hier eine Insel zarter Farrenkräuter, deren Wedel feingeklöppelten Spitzen glichen, mit Glut behauchend, dort die silbergrauen Flechten des Waldgrundes zu roten Korallen umwandelnd.

Von Wipfeln, Stämmen und Gräsern floß der Feuertau. Eine Sintflut von Licht schien über die Erde ausgegossen. Es lag eine Frische in der Luft, die bis ins Herz drang, und auch hinter Thiels Stirn mußten die Bilder der Nacht allmählich verblassen.

Mit dem Augenblick jedoch, wo er in die Stube trat und Tobiaschen rotwangiger als je im sonnenbeschienenen Bette liegen sah, waren sie ganz verschwunden.

Wohl wahr! Im Verlauf des Tages glaubte Lene mehrmals etwas Befremdliches an ihm wahrzunehmen; so im Kirchstuhl, als er, statt ins Buch zu schauen, sie selbst von der Seite betrachtete, und dann auch um die Mittagszeit, als er, ohne ein Wort zu sagen, das Kleine, welches Tobias wie gewöhnlich auf die Straße tragen sollte, aus dessen Arm nahm und ihr auf den Schoß setzte. Sonst aber hatte er nicht das geringste Auffällige an sich.

Thiel, der den Tag über nicht dazu gekommen war, sich niederzulegen, kroch, da er die folgende Woche Tagdienst hatte, bereits gegen neun Uhr abends ins Bett. Gerade als er im Begriff war einzuschlafen, eröffnete ihm die Frau, daß sie am folgenden Morgen mit nach dem Walde gehen werde, um das Land umzugraben und Kartoffeln zu stecken.

Thiel zuckte zusammen; er war ganz wach geworden, hielt jedoch die Augen fest geschlossen.

Es sei die höchste Zeit, meinte Lene, wenn aus den Kartoffeln noch etwas werden sollte, und fügte bei, daß sie die Kinder werde mitnehmen müssen, da vermutlich der ganze Tag draufgehen würde. Der Wärter brummte einige unverständliche Worte, die Lene weiter nicht beachtete. Sie hatte ihm den Rücken gewandt und war beim Scheine eines Talglichtes damit beschäftigt, das Mieder aufzunesteln und die Röcke herabzulassen.

Plötzlich fuhr sie herum, ohne selbst zu wissen, aus welchem Grunde, und blickte in das von Leidenschaften verzerrte, erdfarbene Gesicht ihres Mannes, der sie, halbaufgerichtet, die Hände auf der Bettkante, mit brennenden Augen anstarrte.

»Thiel!« – schrie die Frau halb zornig, halb erschreckt, und wie ein Nachtwandler, den man bei Namen ruft, erwachte er aus seiner Betäubung, stotterte einige verwirrte Worte, warf sich in die Kissen zurück und zog das Deckbett über die Ohren.

Lene war die erste, welche sich am folgenden Morgen vom Bett erhob. Ohne dabei Lärm zu machen, bereitete sie alles Nötige für den Ausflug vor. Der Kleinste wurde in den Kinderwagen gelegt, darauf Tobias geweckt und angezogen. Als er erfuhr, wohin es gehen sollte, mußte er lächeln. Nachdem alles bereit war und auch der Kaffee fertig auf dem Tisch stand, erwachte Thiel. Mißbehagen war sein erstes Gefühl beim Anblick all der getroffenen Vorbereitungen. Er hätte wohl gern ein Wort dagegen gesagt, aber er wußte nicht, womit beginnen. Und welche für Lene stichhaltigen Gründe hätte er auch angeben sollen?

Allmählich begann dann das mehr und mehr

strahlende Gesichtchen seinen Einfluß auf Thiel zu üben, so daß er schließlich schon um der Freude willen, welche dem Jungen der Ausflug bereitete, nicht daran denken konnte, Widerspruch zu erheben. Nichtsdestoweniger blieb Thiel während der Wanderung durch den Wald nicht frei von Unruhe. Er stieß das Kinderwägelchen mühsam durch den tiefen Sand und hatte allerhand Blumen darauf liegen, die Tobias gesammelt hatte.

Der Junge war ausnehmend lustig. Er hüpfte in seinem braunen Plüschmützchen zwischen den Farrenkräutern umher und suchte auf eine freilich etwas unbeholfene Art die glasflügligen Libellen zu fangen, die darüber hingaukelten. Sobald man angelangt war, nahm Lene den Acker in Augenschein. Sie warf das Säckchen mit Kartoffelstücken, welche sie zur Saat mitgebracht hatte, auf den Grasrand eines kleinen Birkengehölzes, kniete nieder und ließ den etwas dunkel gefärbten Sand durch ihre harten Finger laufen.

Thiel beobachtete sie gespannt: »Nun, wie ist er?«

»Reichlich so gut wie die Spree-Ecke!« Dem Wärter fiel eine Last von der Seele. Er hatte gefürchtet, sie würde unzufrieden sein, und kratzte beruhigt seine Bartstoppeln.

Nachdem die Frau hastig eine dicke Brotkante verzehrt hatte, warf sie Tuch und Jacke fort und begann zu graben, mit der Geschwindigkeit und Ausdauer einer Maschine.

In bestimmten Zwischenräumen richtete sie sich auf und holte in tiefen Zügen Luft, aber es war jeweilig nur ein Augenblick, wenn nicht etwa das Kleine gestillt werden mußte, was mit keuchender, schweißtropfender Brust hastig geschah.

»Ich muß die Strecke belaufen, ich werde Tobias mitnehmen«, rief der Wärter nach einer Weile von der Plattform vor der Bude aus zu ihr herüber.

»Ach was – Unsinn!« schrie sie zurück, »wer soll bei dem Kleinen bleiben? – Hierher kommst du!« setzte sie noch lauter hinzu, während der Wärter, als ob er sie nicht hören könne, mit Tobiaschen davonging.

Im ersten Augenblick erwog sie, ob sie nicht nachlaufen solle, und nur der Zeitverlust bestimmte sie, davon abzustehen. Thiel ging mit Tobias die Strecke entlang. Der Kleine war nicht wenig erregt; alles war ihm neu, fremd. Er begriff nicht, was die schmalen, schwarzen, vom Sonnenlicht erwärmten Schienen zu bedeuten hatten. Unaufhörlich tat er allerhand sonderbare Fragen. Vor allem verwunderlich war ihm das Klingen der Telegraphenstangen. Thiel kannte den Ton jeder einzelnen seines Reviers, so daß er mit geschlossenen Augen stets gewußt haben würde, in welchem Teil der Strecke er sich gerade befand.

Oft blieb er, Tobiaschen an der Hand, stehen,

um den wunderbaren Lauten zu lauschen, die aus dem Holze wie sonore Choräle aus dem Innern einer Kirche hervorströmten. Die Stange am Südende des Reviers hatte einen besonders vollen und schönen Akkord. Es war ein Gewühl von Tönen in ihrem Innern, die ohne Unterbrechung gleichsam in einem Atem fortklangen, und Tobias lief rings um das verwitterte Holz, um, wie er glaubte, durch eine Öffnung die Urheber des lieblichen Getöns zu entdecken. Der Wärter wurde weihevoll gestimmt, ähnlich wie in der Kirche. Zudem unterschied er mit der Zeit eine Stimme, die ihn an seine verstorbene Frau erinnerte. Er stellte sich vor, es sei ein Chor seliger Geister, in den sie ja auch ihre Stimme mische, und eine Vorstellung erweckte in ihm eine Sehnsucht, eine Rührung bis zu Tränen.

Tobias verlangte nach den Blumen, die seitab im Birkenwäldchen standen, und Thiel, wie immer, gab ihm nach.

Stücke blauen Himmels schienen auf den Boden des Haines herabgesunken, so wunderbar dicht standen kleine blaue Blüten darauf. Farbigen Wimpeln gleich flatterten und gaukelten die Schmetterlinge lautlos zwischen dem leuchtenden Weiß der Stämme, indes durch die zartgrünen Blätterwolken der Birkenkronen ein sanftes Rieseln ging.

Tobias rupfte Blumen, und der Vater schaute ihm sinnend zu. Zuweilen erhob sich auch der

Blick des letzteren und suchte durch die Lücken der Blätter den Himmel, der wie eine riesige, makellos blaue Kristallschale das Goldlicht der Sonne auffing.

»Vater, ist das der liebe Gott?« fragte der Kleine plötzlich, auf ein braunes Eichhörnchen deutend, das unter kratzenden Geräuschen am Stamme einer alleinstehenden Kiefer hinanhuschte.

»Närrischer Kerl«, war alles, was Thiel erwidern konnte, während losgerissene Borkenstückchen den Stamm herunter vor seine Füße fielen.

Die Mutter grub noch immer, als Thiel und Tobias zurückkamen. Die Hälfte des Ackers war bereits umgeworfen.

Die Bahnzüge folgten einander in kurzen Zwischenräumen, und Tobias sah sie jedesmal mit offenem Munde vorübertoben.

Die Mutter selbst hatte ihren Spaß an seinen drolligen Grimassen.

Das Mittagessen, bestehend aus Kartoffeln und einem Restchen kalten Schweinebraten, verzehrte man in der Bude. Lene war aufgeräumt, und auch Thiel schien sich in das Unvermeidliche mit gutem Anstand fügen zu wollen. Er unterhielt seine Frau während des Essens mit allerlei Dingen, die in seinen Beruf schlugen. So fragte er sie, ob sie sich denken könne, daß in einer einzigen Bahnschiene sechsundvierzig Schrauben säßen, und anderes mehr.

Am Vormittage war Lene mit Umgraben fertig geworden; am Nachmittage sollten die Kartoffeln gesteckt werden. Sie bestand darauf, daß Tobias jetzt das Kleine warte, und nahm ihn mit sich.

»Paß auf . . .«, rief Thiel ihr nach, von plötzlicher Besorgnis ergriffen, »paß auf, daß er den Geleisen nicht zu nahe kommt.«

Ein Achselzucken Lenens war die Antwort.

Der schlesische Schnellzug war gemeldet, und Thiel mußte auf seinen Posten. Kaum stand er dienstfertig an der Barriere, so hörte er ihn auch schon heranbrausen.

Der Zug wurde sichtbar – er kam näher – in unzählbaren, sich überhastenden Stößen fauchte der Dampf aus dem schwarzen Maschinenschlote. Da: ein – zwei – drei milchweiße Dampfstrahlen quollen kerzengerade empor, und gleich darauf brachte die Luft den Pfiff der Maschine getragen. Dreimal hintereinander, kurz, grell, beängstigend. Sie bremsen, dachte Thiel, warum nur? Und wieder gellten die Notpfiffe schreiend, den Widerhall weckend, diesmal in langer, ununterbrochener Reihe.

Thiel trat vor, um die Strecke überschauen zu können. Mechanisch zog er die rote Fahne aus dem Futteral und hielt sie gerade vor sich hin über die Geleise. – Jesus Christus – war er blind gewesen? Jesus Christus – o Jesus, Jesus, Jesus Christus! was war das? Dort! – dort zwischen den Schienen ... »Ha–alt!« schrie der Wärter aus Leibeskräften. Zu spät. Eine dunkle Masse war unter den Zug geraten und wurde zwischen den Rädern wie ein Gummiball hin und her geworfen. Noch einige Augenblicke, und man hörte das Knarren und Quietschen der Bremsen. Der Zug stand.

Die einsame Strecke belebte sich. Zugführer und Schaffner rannten über den Kies nach dem Ende des Zuges. Aus jedem Fenster blickten neugierige Gesichter, und jetzt – die Menge knäulte sich und kam nach vorn.

Thiel keuchte; er mußte sich festhalten, um nicht umzusinken wie ein gefällter Stier. Wahrhaftig, man winkt ihm – »Nein!«

Ein Aufschrei zerreißt die Luft von der Unglücksstelle her, ein Geheul folgt, wie aus der Kehle eines Tieres kommend. Wer war das?! Lene?! Es war nicht ihre Stimme, und doch ...

Ein Mann kommt in Eile die Strecke herauf.

»Wärter!«

»Was gibt's?«

»Ein Unglück!« ... Der Bote schrickt zurück, denn des Wärters Augen spielen seltsam. Die Mütze sitzt schief, die roten Haare scheinen sich aufzubäumen.

»Er lebt noch, vielleicht ist noch Hilfe.«

Ein Röcheln ist die einzige Antwort.

»Kommen Sie schnell, schnell!«

Thiel reißt sich auf mit gewaltiger Anstrengung. Seine schlaffen Muskeln spannen sich; er richtet sich hoch auf, sein Gesicht ist blöd und tot.

Er rennt mit dem Boten, er sieht nicht die todbleichen, erschreckten Gesichter der Reisenden in den Zugfenstern. Eine junge Frau schaut heraus, ein Handlungsreisender im Fez, ein junges Paar, anscheinend auf der Hochzeitsreise. Was geht's ihn an? Er hat sich nie um den Inhalt dieser Polterkasten gekümmert; – sein Ohr füllt das Geheul Lenens. Vor seinen Augen schwimmt es durcheinander, gelbe Punkte, Glühwürmchen gleich, unzählig. Er schrickt zurück – er steht. Aus dem Tanze der Glühwürmchen tritt es hervor, blaß, schlaff, blutrünstig. Eine Stirn, braun und blau geschlagen, blaue Lippen, über die schwarzes Blut tröpfelt. Er ist es.

Thiel spricht nicht. Sein Gesicht nimmt eine schmutzige Blässe an. Er lächelt wie abwesend; endlich beugt er sich; er fühlt die schlaffen, toten Gliedmaßen schwer in seinen Armen; die rote Fahne wickelt sich darum.

Er geht.

Wohin?

»Zum Bahnarzt, zum Bahnarzt«, tönt es durcheinander.

»Wir nehmen ihn gleich mit«, ruft der Packmeister und macht in seinem Wagen aus Dienströcken und Büchern ein Lager zurecht. »Nun also?«

Thiel macht keine Anstalten, den Verunglückten loszulassen. Man drängt in ihn. Vergebens. Der Packmeister läßt eine Bahre aus dem Packwagen reichen und beordert einen Mann, dem Vater beizustehen.

Die Zeit ist kostbar. Die Pfeife des Zugführers trillert. Münzen regnen aus den Fenstern.

Lene gebärdet sich wie wahnsinnig. »Das arme, arme Weib«, heißt es in den Coupés, »die arme, arme Mutter.«

Der Zugführer trillert abermals – ein Pfiff – die Maschine stößt weiße, zischende Dämpfe aus ihren Zylindern und streckt ihre eisernen Sehnen; einige Sekunden, und der Kurierzug braust mit wehender Rauchfahne in verdoppelter Geschwindigkeit durch den Forst.

Der Wärter, anderen Sinnes geworden, legt den halbtoten Jungen auf die Bahre. Da liegt er da in seiner verkommenen Körpergestalt, und hin und wieder hebt ein langer, rasselnder Atemzug die knöcherne Brust, welche unter dem zerfetzten Hemd sichtbar wird. Die Ärmchen und Beinchen, nicht nur in den Gelenken gebrochen, nehmen die unnatürlichsten Stellungen ein. Die Ferse des kleinen Fußes ist nach vorn gedreht. Die Arme schlottern über den Rand der Bahre.

Lene wimmert in einem fort; jede Spur ihres einstigen Trotzes ist aus ihrem Wesen gewichen. Sie wiederholt fortwährend eine Geschichte, die sie von jeder Schuld an dem Vorfall reinwaschen soll.

Thiel scheint sie nicht zu beachten; mit entsetzlich bangem Ausdruck haften seine Augen an dem Kinde.

Es ist still ringsum geworden, totenstill; schwarz und heiß ruhen die Geleise auf dem blendenden Kies. Der Mittag hat die Winde erstickt, und regungslos, wie aus Stein, steht der Forst.

Die Männer beraten sich leise. Man muß, um auf dem schnellsten Wege nach Friedrichshagen zu kommen, nach der Station zurück, die nach der Richtung Breslau liegt, da der nächste Zug, ein beschleunigter Personenzug, auf der Friedrichshagen näher gelegenen nicht anhält.

Thiel scheint zu überlegen, ob er mitgehen solle. Augenblicklich ist niemand da, der den Dienst versteht. Eine stumme Handbewegung bedeutet seiner Frau, die Bahre aufzunehmen; sie wagt nicht, sich zu widersetzen, obgleich sie um den zurückbleibenden Säugling besorgt ist. Sie und der fremde Mann tragen die Bahre. Thiel begleitet den Zug bis an die Grenze seines Reviers, dann bleibt er stehen und schaut ihm lange nach. Plötzlich schlägt er sich mit der flachen Hand vor die Stirn, daß es weithin schallt.

Er meint sich zu erwecken; denn es wird ein Traum sein, wie der gestern, sagt er sich. – Vergebens. – Mehr taumelnd als laufend erreichte er sein Häuschen. Drinnen fiel er auf die Erde, das Gesicht voran. Seine Mütze rollte in die Ecke, seine peinlich gepflegte Uhr fiel aus seiner Tasche, die Kapsel sprang, das Glas zerbrach. Es war, als hielte ihn eine eiserne Faust im Nacken gepackt, so fest, daß er sich nicht bewegen konnte, sosehr er auch unter Ächzen und Stöhnen sich frei zu machen suchte. Seine Stirn war kalt, seine Augen trocken, sein Schlund brannte.

Die Signalglocke weckte ihn. Unter dem Eindruck jener sich wiederholenden drei Glockenschläge ließ der Anfall nach. Thiel konnte sich erheben und seinen Dienst tun. Zwar waren seine Füße bleischwer, zwar kreiste um ihn die Strecke wie die Speiche eines ungeheuren Rades, dessen Achse sein Kopf war; aber er gewann doch wenigstens so viel Kraft, sich für einige Zeit aufrecht zu erhalten.

Der Personenzug kam heran. Tobias mußte darin sein. Je näher er rückte, um so mehr verschwammen die Bilder vor Thiels Augen. Am Ende sah er nur noch den zerschlagenen Jungen mit dem blutigen Munde. Dann wurde es Nacht.

Nach einer Weile erwachte er aus einer Ohnmacht. Er fand sich dicht an der Barriere im heißen Sande liegen. Er stand auf, schüttelte die Sandkörner aus seinen Kleidern und spie sie aus seinem Munde. Sein Kopf wurde ein wenig freier, er vermochte ruhiger zu denken.

In der Bude nahm er sogleich seine Uhr vom Boden auf und legte sie auf den Tisch. Sie war trotz des Falles nicht stehengeblieben. Er zählte während zweier Stunden die Sekunden und Minuten, indem er sich vorstellte, was indes mit Tobias geschehen mochte. Jetzt kam Lene mit ihm an; jetzt stand sie vor dem Arzte. Dieser betrachtete und betastete den Jungen und schüttelte den Kopf.

»Schlimm, sehr schlimm – aber vielleicht . . . wer weiß?« Er untersuchte genauer. »Nein«, sagte er dann, »nein, es ist vorbei.«

»Vorbei, vorbei«, stöhnte der Wärter, dann aber richtete er sich hoch auf und schrie, die rollenden Augen an die Decke geheftet, die erhobenen Hände unbewußt zur Faust ballend und mit einer Stimme, als müsse der enge Raum davon zerbersten: »Er muß, muß leben, ich sage dir, er muß, muß leben.« Und schon stieß er die Tür des Häuschens von neuem auf, durch die das rote Feuer des Abends hereinbrach, und rannte mehr, als er ging, nach der Barriere zurück. Hier blieb er eine Weile wie betroffen stehen und schritt dann plötzlich, beide Arme ausbreitend, bis in die Mitte des Dammes, als wenn er etwas aufhalten wollte, das aus der Richtung des Personenzuges kam. Dabei machten seine weit offenen Augen den Eindruck der Blindheit.

Während er, rückwärts schreitend, vor etwas zu weichen schien, stieß er in einem fort halbverständliche Worte zwischen den Zähnen hervor: »Du – hörst du – bleib doch – du – hör doch – bleib – gib ihn wieder – er ist braun und blau geschlagen – ja ja – gut – ich will sie wieder braun und blau schlagen – hörst du? bleib doch – gib ihn mir wieder.«

Es schien, als ob etwas an ihm vorüberwandle, denn er wandte sich und bewegte sich, wie um es zu verfolgen, nach der anderen Richtung.

»Du, Minna« – seine Stimme wurde weinerlich, wie die eines kleinen Kindes. »Du, Minna, hörst du? – gib ihn wieder – ich will . . .« Er tastete in die Luft, wie um jemand festzuhalten. »Weibchen – ja – und da will ich sie . . . und da will ich sie auch schlagen – braun und blau – auch schlagen – und da will ich mit dem Beil – siehst du? – Küchenbeil – mit dem Küchenbeil will ich sie schlagen, und da wird sie verrecken.

Und da . . . ja mit dem Beil – Küchenbeil, ja – schwarzes Blut!« Schaum stand vor seinem Munde, seine gläsernen Pupillen bewegten sich unaufhörlich.

Ein sanfter Abendhauch strich leis und nachhaltig über den Forst, und rosaflammiges Wolkengelock hing über dem westlichen Himmel.

Etwa hundert Schritt hatte er so das unsichtbare Etwas verfolgt, als er anscheinend mutlos stehenblieb, und mit entsetzlicher Angst in den Mienen streckte der Mann seine Arme aus, flehend, beschwörend. Er strengte seine Augen an und beschattete sie mit der Hand, wie um noch einmal in weiter Ferne das Wesenlose zu entdecken. Schließlich sank die Hand, und der gespannte Ausdruck seines Gesichts verkehrte sich in stumpfe Ausdruckslosigkeit; er wandte sich und schleppte sich den Weg zurück, den er gekommen.

Die Sonne goß ihre letzte Glut über den Forst, dann erlosch sie. Die Stämme der Kiefern streckten sich wie bleiches, verwestes Gebein zwischen die Wipfel hinein, die wie grauschwarze Moderschichten auf ihnen lasteten. Das Hämmern eines Spechtes durchdrang die Stille. Durch den kalten, stahlblauen Himmelsraum ging ein einziges, verspätetes Rosengewölk. Der Windhauch wurde kellerkalt, so daß es den Wärter fröstelte. Alles war ihm neu, alles fremd. Er wußte nicht, was das war, worauf er ging, was ihn umgab. Da huschte ein Eichhorn über die Strecke, und Thiel besann sich. Er mußte an den lieben Gott denken, ohne zu wissen, warum. »Der liebe Gott springt über den Weg, der liebe Gott springt über den Weg.« Er wiederholte diesen Satz mehrmals, gleichsam um auf etwas zu kommen, das damit zusammenhing. Er unterbrach sich, ein Lichtschein fiel in sein Hirn: »Aber mein Gott, das ist ja Wahnsinn.« Er vergaß alles und wandte sich gegen diesen neuen Feind. Er suchte Ordnung in seine Gedanken zu bringen, vergebens! Es war ein haltloses Streifen und Schweifen. Er ertappte sich auf den unsinnigsten Vorstellungen und schauderte zusammen im Bewußtsein seiner Machtlosigkeit.

Aus dem nahen Birkenwäldchen kam Kindergeschrei. Es war das Signal zur Raserei. Fast gegen seinen Willen mußte er darauf zueilen und fand das Kleine, um welches sich niemand mehr gekümmert hatte, weinend und strampelnd ohne Bettchen im Wagen liegen. Was wollte er tun? Was trieb ihn hierher? Ein wirbelnder Strom von Gefühlen und Gedanken verschlang diese Fragen.

»Der liebe Gott springt über den Weg«, jetzt wußte er, was das bedeuten wollte. »Tobias« – sie hatte ihn gemordet – Lene – ihr war er anvertraut – »Stiefmutter, Rabenmutter«, knirschte er, »und ihr Balg lebt.« Ein roter Nebel umwölkte seine Sinne, zwei Kinderaugen durchdrangen ihn; er fühlte etwas Weiches, Fleischiges zwischen seinen Fingern. Gurgelnde und pfeifende Laute, untermischt mit heiseren Ausrufen, von denen er nicht wußte, wer sie ausstieß, trafen sein Ohr.

Da fiel etwas in sein Hirn wie Tropfen heißen Siegellacks, und es hob sich wie eine Starre von seinem Geist. Zum Bewußtsein kommend, hörte er den Nachhall der Meldeglocke durch die Luft zittern.

Mit eins begriff er, was er hatte tun wollen: seine Hand löste sich von der Kehle des Kindes, welches sich unter seinem Griffe wand. – Es rang nach Luft, dann begann es zu husten und zu schreien.

»Es lebt! Gott sei Dank, es lebt!« Er ließ es liegen und eilte nach dem Übergange. Dunkler Qualm wälzte sich fernher über die Strecke, und der Wind drückte ihn zu Boden. Hinter sich vernahm er das Keuchen einer Maschine, welches wie das stoßweise gequälte Atmen eines kranken Riesen klang.

Ein kaltes Zwielicht lag über der Gegend.

Nach einer Weile, als die Rauchwolken auseinandergingen, erkannte Thiel den Kieszug, der mit geleerten Loren zurückging und die Arbeiter mit sich führte, welche tagsüber auf der Strecke gearbeitet hatten.

Der Zug hatte eine reichbemessene Fahrzeit und durfte überall anhalten, um die hie und da noch beschäftigten Arbeiter aufzunehmen, andere hingegen abzusetzen. Ein gutes Stück vor Thiels Bude begann man zu bremsen. Ein lautes Quietschen, Schnarren, Rasseln und Klirren durchdrang weithin die Abendstille, bis der Zug unter einem einzigen, schrillen, langgedehnten Ton stillstand.

Etwa fünfzig Arbeiter und Arbeiterinnen waren in den Loren verteilt. Fast alle standen aufrecht, einige unter den Männern mit entblößtem Kopfe. In ihrer aller Wesen lag eine rätselhafte Feierlichkeit. Als sie des Wärters ansichtig wurden, erhob sich ein Flüstern unter ihnen. Die Alten zogen die Tabakspfeifen zwischen den gelben Zähnen hervor und hielten sie respektvoll in den Händen. Hie und da wandte sich ein Frauenzimmer, um sich zu schneuzen. Der Zugführer stieg auf die Strecke herunter und trat auf Thiel zu. Die Arbeiter sahen, wie er ihm feierlich die Hand schüttelte, worauf Thiel mit langsamem, fast militärisch steifem Schritt auf den letzten Wagen zuschritt.

Keiner der Arbeiter wagte ihn anzureden, obgleich sie ihn alle kannten.

Aus dem letzten Wagen hob man soeben das kleine Tobiaschen.

Es war tot.

Lene folgte ihm; ihr Gesicht war bläulichweiß, braune Kreise lagen um ihre Augen.

Thiel würdigte sie keines Blickes; sie aber erschrak beim Anblick ihres Mannes. Seine Wangen waren hohl, Wimpern und Barthaare verklebt, der Scheitel, so schien es ihr, ergrauter als bisher. Die Spuren vertrockneter Tränen überall auf dem Gesicht; dazu ein unstetes Licht in seinen Augen, davor sie ein Grauen ankam.

Auch die Tragbahre hatte man wieder mitgebracht, um die Leiche transportieren zu können.

Eine Weile herrschte unheimliche Stille. Eine tiefe, entsetzliche Versonnenheit hatte sich Thiels bemächtigt. Es wurde dunkler. Ein Rudel Rehe setzte seitab auf den Bahndamm. Der Bock blieb stehen mitten zwischen den Geleisen. Er wandte seinen gelenken Hals neugierig herum, da pfiff die Maschine, und blitzartig verschwand er samt seiner Herde.

In dem Augenblick, als der Zug sich in Bewegung setzen wollte, brach Thiel zusammen.

Der Zug hielt abermals, und es entspann sich eine Beratung über das, was nun zu tun sei. Man entschied sich dafür, die Leiche des Kindes einstweilen im Wärterhaus unterzubringen und statt ihrer den durch kein Mittel wieder ins Bewußtsein zu rufenden Wärter mittelst der Bahre nach Hause zu bringen.

Und so geschah es. Zwei Männer trugen die Bahre mit dem Bewußtlosen, gefolgt von Lene, die, fortwährend schluchzend, mit tränenüberströmtem Gesicht den Kinderwagen mit dem Kleinsten durch den Sand stieß.

Wie eine riesige pupurglühende Kugel lag der Mond zwischen den Kiefernschäften am Waldesgrund. Je höher er rückte, um so kleiner schien er zu werden, um so mehr verblaßte er. Endlich hing er, einer Ampel vergleichbar, über dem Forst, durch alle Spalten und Lücken der Kronen einen matten Lichtdunst drängend, welcher die Gesichter der Dahinschreitenden leichenhaft anmalte.

Rüstig, aber vorsichtig schritt man vorwärts, jetzt durch enggedrängtes Jungholz, dann wieder an weiten, hochwaldumstandenen Schonungen entlang, darin sich das bleiche Licht wie in großen, dunklen Becken angesammelt hatte.

Der Bewußtlose röchelte von Zeit zu Zeit oder begann zu phantasieren. Mehrmals ballte er die Fäuste und versuchte mit geschlossenen Augen sich emporzurichten.

Es kostete Mühe, ihn über die Spree zu bringen; man mußte ein zweites Mal übersetzen, um die Frau und das Kind nachzuholen.

Als man die kleine Anhöhe des Ortes emporstieg, begegnete man einigen Einwohnern, welche die Botschaft des geschehenen Unglücks sofort verbreiteten.

Die ganze Kolonie kam auf die Beine.

Angesichts ihrer Bekannten brach Lene in erneutes Klagen aus.

Man beförderte den Kranken mühsam die schmale Stiege hinauf in seine Wohnung und brachte ihn sofort zu Bett. Die Arbeiter kehrten sogleich um, um Tobiaschens Leiche nachzuholen.

Alte, erfahrene Leute hatten kalte Umschläge angeraten, und Lene befolgte ihre Weisung mit Eifer und Umsicht. Sie legte Handtücher in eiskaltes Brunnenwasser und erneuerte sie, sobald die brennende Stirn des Bewußtlosen sie durchhitzt hatte. Ängstlich beobachtete sie die Atemzüge des Kranken, welche ihr mit jeder Minute regelmäßiger zu werden schienen.

Die Aufregungen des Tages hatten sie doch

stark mitgenommen, und sie beschloß, ein wenig zu schlafen, fand jedoch keine Ruhe. Gleichviel ob sie die Augen öffnete oder schloß, unaufhörlich zogen die Ereignisse der Vergangenheit daran vorüber. Das Kleine schlief. Sie hatte sich entgegen ihrer sonstigen Gewohnheit wenig darum bekümmert. Sie war überhaupt eine andre geworden. Nirgend eine Spur des früheren Trotzes. Ja, dieser kranke Mann mit dem farblosen, schweißglänzenden Gesicht regierte sie im Schlaf.

Eine Wolke verdeckte die Mondkugel, es wurde finster im Zimmer, und Lene hörte nur noch das schwere, aber gleichmäßige Atemholen ihres Mannes. Sie überlegte, ob sie Licht machen sollte. Es wurde ihr unheimlich im Dunkeln. Als sie aufstehen wollte, lag es ihr bleiern in allen Gliedern, die Lider fielen ihr zu, sie entschlief.

Nach Verlauf von einigen Stunden, als die Männer mit der Kindesleiche zurückkehrten, fanden sie die Haustüre weit offen. Verwundert über diesen Umstand, stiegen sie die Treppe hinauf, in die obere Wohnung, deren Tür ebenfalls weit geöffnet war.

Man rief mehrmals den Namen der Frau, ohne eine Antwort zu erhalten. Endlich strich man ein Schwefelholz an der Wand, und der aufzuckende Lichtschein enthüllte eine grauenvolle Verwüstung.

»Mord, Mord!«

Lene lag in ihrem Blut, das Gesicht unkenntlich, mit zerschlagener Hirnschale.

»Er hat seine Frau ermordet, er hat seine Frau ermordet!«

Kopflos lief man umher. Die Nachbarn kamen, einer stieß an die Wiege. »Heiliger Himmel!« Und er fuhr zurück, bleich, mit entsetzensstarrem Blick. Da lag das Kind mit durchschnittenem Halse.

Der Wärter war verschwunden; die Nachforschungen, welche man noch in derselben Nacht anstellte, blieben erfolglos. Den Morgen darauf fand ihn der diensttuende Wärter zwischen den Bahngeleisen und an der Stelle sitzend, wo Tobiaschen überfahren worden war.

Er hielt das braune Pudelmützchen im Arm und liebkoste es ununterbrochen wie etwas, das Leben hat.

Der Wärter richtete einige Fragen an ihn, bekam jedoch keine Antwort und bemerkte bald, daß er es mit einem Irrsinnigen zu tun habe.

Der Wärter am Block, davon in Kenntnis gesetzt, erbat telegraphisch Hilfe.

Nun versuchten mehrere Männer ihn durch gutes Zureden von den Geleisen fortzulocken; jedoch vergebens.

Der Schnellzug, der um diese Zeit passierte, mußte anhalten, und erst der Übermacht seines Personals gelang es, den Kranken, der alsbald furchtbar zu toben begann, mit Gewalt von der Strecke zu entfernen.

Man mußte ihm Hände und Füße binden, und der inzwischen requirierte Gendarm überwachte seinen Transport nach dem Berliner Untersuchungsgefängnisse, von wo aus er jedoch schon am ersten Tage nach der Irrenabteilung der Charité überführt wurde. Noch bei der Einlieferung hielt er das braune Mützchen in Händen und bewachte es mit eifersüchtiger Sorgfalt und Zärtlichkeit.

Der Apostel

Entstehungszeit: 1890.

Erstveröffentlichung: Unter dem Titel »Der Apostel. Novelle« in der Zeitschrift »Moderne Dichtung« 1890.

Erste Einzelausgabe: Der Apostel. Bahnwärter Thiel. Novellistische Studien. Berlin, S. Fischer 1892.

Spät am Abend war er in Zürich angelangt. Eine Dachkammer in der »Taube«, ein wenig Brot und klares Wasser, bevor er sich niederlegte: das genügte ihm.

Er schlief unruhig, wenige Stunden. Schon kurz nach vier erhob er sich. Der Kopf schmerzte ihn. Er schob es auf die lange Eisenbahnfahrt vom gestrigen Tage. Um so etwas auszuhalten, mußte man Nerven wie Seile haben. Er haßte diese Bahnen mit ihrem ewigen Gerüttel, Gestampf und Gepolter, mit ihren jagenden Bildern; – er haßte sie und mit ihnen die meisten anderen der sogenannten Errungenschaften dieser sogenannten Kultur.

Durch den Gotthard allein ... es war wirklich eine Tortur, durch den Gotthard zu fahren: dazusitzen, beim Scheine eines zuckenden Lämpchens, mit dem Bewußtsein, diese ungeheure Steinmasse über sich zu haben. Dazu dieses markdurchschütternde Konzert von Geräuschen im Ohr. Es war eine Tortur, es war zum Verrücktwerden! In einen Zustand war er hineingeraten, in eine Angst, kaum zu glauben. Wenn das nahe Rauschen so zurücksank und dann wieder daherkam, daherfuhr wie die ganze Hölle und so tosend wurde, daß es alles in einem förmlich zerschlug . . . Nie und nimmer würde er nochmals durch den Gotthard fahren!

Man hatte nur einen Kopf. Wenn der einmal aufgestört war – der Bienenschwarm dadrinnen –, da mochte der Teufel wieder Ruhe schaffen: alles brach durch seine Grenzen, verlor die natürlichen Dimensionen, dehnte sich hoch auf und hatte einen eigenen Willen.

Die Nacht hatte es ihn noch geplagt, nun sollte es damit ein Ende haben. Der kalte, klare Morgen mußte das Seinige tun. Übrigens würde er von hier ab nach Deutschland hinein zu Fuß reisen.

Er wusch sich und zog die Kleider über. Als er die Sandalen unterband, tauchte ihm flüchtig auf, wie er zu dem Kostüm, das er trug und das ihn von allen übrigen Menschen unterschied, gekommen war: die Gestalt Meister Dieffenbachs ging vorüber. – Dann war es ein Sprung in frühe Jahre: Er sah sich selbst in der sogenannten Normaltracht zur Schule gehen – der Glatzkopf des Vaters blickte hinter dem Ladentische der Apotheke hervor, die Tracht des Sohnes milde bespöttelnd. Die Mutter hatte doch immer gesagt, er sei kein Hypochonder. Der Glatzkopf und das junge Frauengesicht schoben sich nebeneinander. Welch ein ungeheurer Unterschied! Daß er das früher nie bemerkt hatte.

Die Sandalen saßen fest. Er legte den Strick, der die weiße Frieskutte zusammenhielt, um die Hüften und eine Schnur rund um den Kopf.

Auf dem Hausflur der Herberge war ein alter Spiegel angebracht. Einen Augenblick im Vorübergehen hielt er inne, um sich zu mustern. Wirklich! – er sah aus wie ein Apostel. Das heilige Blond der langen Haare, der starke, rote, keilförmige Bart, das kühne, feste und doch so unendlich milde Gesicht, die weiße Mönchskutte, die seine schöne, straffe Gestalt, seinen elastischen, soldatisch geschulten Körper zu voller Geltung brachte.

Mit Wohlgefallen spiegelte er sich. Warum sollte er es auch nicht? Warum sollte er sich selbst nicht bewundern, da er doch nicht aufhörte, die Natur zu bestaunen in allem, was sie hervorbrachte? Er lief ja durch die Welt von Wunder zu Wunder, und Dinge, von anderen nicht beachtet, erzeugten in ihm religiöse Schauer. Übrigens nahm sie sich gut aus – die Neuerung dieses Morgens: man konnte ja denken, diese Schnur um den Kopf habe den Zweck, das Haar zusammenzuhalten. Daß sie einem Heiligenschein ähnelte, hatte nichts auf sich. Heilige gab es nicht mehr, oder besser: der Heiligenschein kam jedem Naturerzeugnis, auch dem kleinsten Blümchen oder Käferchen zu, und dessen Auge war ein profanes Auge, der nicht über allem solche Heiligenscheine schweben sah.

Auf der Straße war noch niemand. Einsamer Sonnenschein lag darauf. Hie und da der lange, ein wenig schräge Schatten eines Hauses. Er bog in ein Seitengäßchen, das bergan stieg, und klomm bald zwischen Wiesen und Obstgärten hin aufwärts.

Bisweilen ein hochgiebliges, altväterisches Häuschen, ein enges, mit Blumen vollgepfropftes Hausgärtchen, dann wieder eine Wiese oder ein Weinberg. Der Ruch des weißen Jasmins, des blauen Flieders und des dunkelbrennenden Goldlacks erfüllte stellenweise die reine und starke Luft, daß er sie wohlig in sich sog, wie einen gewürzten Wein.

Er fühlte sich freier nach jedem Schritt.

Wie wenn ein Dorn aus seinem Herzen sich löste, war ihm zu Sinn, als es ihm das Auge so still und unwiderstehlich nach außen zog. Das Dunkel in ihm ward aufgesogen von all dem Licht. Die Köpfchen des gelben Löwenzahns, gleich unzähligen kleinen Sonnen in das sprießende Grün des Wegrandes gelegt, blendeten ihn fast. Durch den schweren Blütenregen der Obstbäume schossen die Sonnenstrahlen schräg in den wiesigen Grund, ihn mit goldigen Tupfen überdeckend. So honigsüß dufteten die Birken. Und so viel Leben, Behaglichkeit und Fleiß sprach aus dem verlorenen Sumsen früher Bienen.

Sorgfältig vermied er im Aufsteigen, irgend etwas zu beschädigen oder gar zu vernichten, was Leben hatte. Das kleinste Käferchen wurde umgangen, die zudringliche Wespe vorsichtig verscheucht. Er liebte die Mücken und Fliegen brüderlich, und zu töten – auch nur den allergewöhnlichsten Kohlweißling – schien ihm das schwerste aller Verbrechen.

Blumen, halbwelk, von Kinderhänden ausgerauft, hob er vom Wege auf, um sie irgendwo ins Wasser zu werfen. Er selbst pflückte niemals Veilchen oder Rosen, um sich damit zu schmücken. Er verabscheute Sträuße und Kränze; er wollte alles an seinem Ort.

Ihm war wohl und zufrieden. Nur daß er sich selbst nicht sehen konnte, bedauerte er. Er selbst mit seinem edlen Gange, einsam in der Frühe auf die Berge steigend: das hätte ein Motiv abgegeben für einen großen Maler; und das Bild stand vor seiner Phantasie.

Dann sah er sich um, ob nicht doch vielleicht irgendeine menschliche Seele bereits wach sei und ihn sehen könne. Niemand war zu erblicken.

Übrigens fing das merkwürdige Schwatzen – im Ohr oder gar im Kopf drinnen, er wußte nicht wo – wieder an. Seit einigen Wochen plagte es ihn. Sicherlich waren es Blutstockungen. Man mußte laufen, sich anstrengen, das Blut in schnelleren Umlauf versetzen.

Und er beschleunigte seine Schritte.

Allmählich war er so über die Dächer der Häuser hinausgekommen. Er stand ruhend still und hatte alle Pracht unter sich. Eine Erschütterung überkam ihn. Ein Gefühl tiefer Zerknirschung brannte in ihm angesichts dieser wundervollen Tiefe. – Lange ließ er das verzückte Auge umherschwelgen: – über alles hin, zu der Spitze des jenseitigen Berges, dessen schründige Hänge zartes, wolliges Grün umzog; – hinunter, wo die veilchenfarbne Fläche des Sees den Talgrund ausfüllte, wo die weichen, grasigen Uferhügel daraus hervorstiegen, grüne Polster, überschüttet, soweit die Sehkraft reichte, mit Blüten und wieder Blüten. Dazwischen Häuschen, Villen und Dörfer, deren Fenster elektrisch aufblitzten, deren rote Dächer und Türme leuchteten.

Nur im Süden, fern, verband ein grauer, silberiger Duft See und Himmel und verdeckte die Landschaft; aber über ihm, fein und weiß leuchtend, auf das blasse Blau der Luft gelegt, schemenhaft tauchten sie auf – einem ungeheuren Silberschatz vergleichbar – in langer sich verlierender Reihe: die Spitzen der Schneeberge.

Dort haftete sein Blick – starr – lange. Als es ihn losließ, blieb nichts Festes mehr in ihm. Alles weich, aufgelöst. Tränen und Schluchzen.

Er ging weiter.

Von oben her, wo die Buchen anfingen, traf das

Geschrei des Kuckucks sein Ohr: jene zwei Noten, die sich wiederholen, aussetzen, um dann wieder und wieder zu beginnen. Er ging weiter, nunmehr für sich und grüblerisch.

Mysteriöse Rührungen waren ihm angesichts der Natur nichts Ungewöhnliches; so stark und jäh wie diesmal indes hatten sie ihn noch niemals befallen. – Es war eben sein Naturgefühl, das stärker und tiefer wurde. Nichts war begreiflicher, und es tat nicht not, sich darüber hypochondrische Gedanken zu machen. Übrigens fing es an, sich in ihm zu verdichten, zu gestalten, zu erbauen. Kaum daß Minuten vergingen, und alles in ihm war gebunden und fest.

Er stand still, wieder schauend. Nun war es die Stadt unten, die ihn anzog und abstieß. Wie ein grauer, widerlicher Schorf erschien sie ihm, wie ein Grind, der weiterfressen würde, in dies Paradies hineingeimpft: Steinhaufen an Steinhaufen, spärliches Grün dazwischen. Er begriff, daß der Mensch das allergefährlichste Ungeziefer sei. Jawohl, das stand außer Zweifel: Städte waren nicht besser als Beulen, Auswüchse der Kultur. Ihr Anblick verursachte ihm Ekel und Weh.

Zwischen den Buchen angelangt, ließ er sich nieder. Lang ausgestreckt, den Kopf dicht an der Erde, Humus- und Grasgeruch einziehend, die transparenten grünen Halme dicht vor den Augen, lag er da. Ein Behagen erfüllte ihn so, eine schwellende Liebe, eine taumelnde Glückseligkeit. Wie Silbersäulen die Buchenstämme. Der wogende und rauschende, sonnengolddurchschlagene grüne Baldachin darüber, der Gesang, die Freude, der eifrige und lachende Jubel der Vögel. Er schloß die Augen, er gab sich ganz hin.

Dabei stieg ihm der Traum der Nacht auf: eine fremde Stimmung zuerst, ein Herzklopfen, eine Gehobenheit, die eine Vorstellung mitbrachte, über deren Ursprung er grübeln mußte. Endlich kam die Erinnerung –: Zwischen Tag und Abend. Eine endlose, staubige italienische Landstraße, noch erhitzt, flimmernde Wärme ausströmend. Landleute kommen vom Felde, braun, bunt, zerlumpt. Männer, Weiber und Kinder mit schwarzen, stechenden und glaubenskranken Augen. Ärmliche Hütten schräg drüben. Über sie her einfältiges, katholisches Aveglocken-Gebimmel. Er selbst bestaubt, müde, hungernd, dürstend. Er schreitet langsam, die Leute knien am Wegrand, sie falten die Hände, sie beten ihn an. Ihm ist weich, ihm ist groß.

Er lag, und hing an dem Bilde. Fieber, Wollust, göttliche Hoheitsschauer wühlten in ihm. Er erhob sich Gott gleich.

Nun war er bestürzt, als er die Augen auftat. Wie eine Säule aus Wasser brach es zusammen und verrann.

Sich selbst fragend und zur Rede stellend, drang

er ins Waldinnere. Er machte sich Vorwürfe über sein verzücktes Träumen; es kam wider seinen Willen und Entschluß. Die Wucht seiner Gefühle machte ihm bange, dennoch aber: es konnte sein, daß seine nagende Angst ohne Grund war.

Übrigens wuchs die Angst, obgleich es ihm jetzt gerade ganz klar wurde, daß sie grundlos war.

Sie hatten ihn wirklich verehrt, die Italiener, deren Dörfer er zu Fuß durchzogen hatte. Sie waren gekommen, um ihre Kinder von ihm segnen zu lassen. Warum sollte er nicht segnen, wenn andere Priester segnen durften? Er hatte etwas – er hatte mehr mitzuteilen als sie. Es gab ein Wort, ein einziges, wundervolles Wortjuwel: Friede! Darin lag es, was er brachte, darin lag alles verschlossen – alles – alles.

Blutgeruch lag über der Welt. Das fließende Blut war das Zeichen des Kampfes. Diesen Kampf hörte er toben, unaufhörlich, im Wachen und Schlafen. Es waren Brüder und Brüder, Schwestern und Schwestern, die sich erschlugen. Er liebte sie alle, er sah ihr Wüten und rang die Hände in Schmerz und Verzweiflung.

Mit der Stimme des Donners reden zu können, wünschte er glühend. Angesichts der tosenden Schlacht, auf einem Felsblock, allen sichtbar, stehend, mußte man rufen und winken. Zu warnen vor dem Bruder- und Schwestermord, hinzuweisen auf den Weg zum Frieden war eine Forderung des Gewissens.

Er kannte diesen Weg. Man betrat ihn durch ein Tor mit der Aufschrift: Natur.

Mut und Eifer hatten die Angst seiner Seele allmählich wieder verdrängt. Er ging, nicht wissend wohin, predigend im Geiste und bei sich selbst zu allem Volke redend: Ihr seid Fresser und Weinsäufer. Auf euren Tafeln prangen kannibalisch Tierkadaver. Laßt ab vom Schlemmen! Laßt ab vom ruchlosen Morde der Kreaturen! Früchte des Feldes seien eure Nahrung! Eure seidnen Betten, eure Polster, eure kostbaren Möbel und Kleider, tragt alles zusammen, werft die Fackeln hinein, daß die Flamme himmelan schlage und es verzehre! Habt ihr das getan, dann kommt – kommt alle, die ihr mühselig und beladen seid, und folgt mir nach! In ein Land will ich euch führen, wo Tiger und Büffel nebeneinander weiden, wo die Schlangen ohne Gift und die Bienen ohne Stachel sind. Dort wird der Haß in euch sterben und die ewige Liebe lebendig werden.

Ihm schwoll das Herz. Wie ein reißender Strom stürzte der Schwall strafender, tröstender und ermahnender Worte. Sein ganzer Körper bebte in Leidenschaft. Mit hinreißender Stärke überkam ihn der Drang, seine ganze Liebe und Sehnsucht auszuströmen. Als müsse er den Bäumen und Vögeln predigen, war ihm zumut. Die Kraft seiner

Rede mußte unwiderstehlich sein. Er hätte das Eichhorn, welches in Bogensprüngen zwischen den Stämmen hinhuschte, mit einem einzigen Worte bannen und zu sich rufen können. Er wußte es, wußte es sicher, wie man weiß, daß der Stein fällt. Eine Allmacht war in ihm: die Allmacht der Wahrheit.

Plötzlich hörte der Wald auf. Fast erschreckt, geblendet, wie jemand, der aus einem tiefen Schacht aufsteigt, sah er die Welt. Aber es hörte nicht auf, in ihm zu wirken. Mit eins kam Richtung in seine Schritte. Er stieg niederwärts, den abschüssigen Weg laufend und springend.

Wie ein Soldat, der stürmt, das Ziel im Auge, kam er sich nun vor. Einmal im Laufen, war es schwer, sich aufzuhalten. Die schnelle, heftige Bewegung aber weckte etwas: eine Lust, eine Art Begeisterung, eine Tollheit.

Das Bewußtsein kam, und mit Grausen sah er sich selbst in großen Sätzen bergab eilen. Etwas in ihm wollte hastig hemmen, Einhalt tun, aber schon war es ein Meer, das die Dämme durchbrochen hatte. Ein lähmender Schreck blieb geduckt im Grunde seiner Seele und ein entsetztes, namenloses Staunen dazu.

Sein Körper indes, wie etwas Fremdes, tobte entfesselt. Er schlug mit den Händen, knirschte mit den Zähnen und stampfte den Boden. Er lachte – lachte lauter und lauter, ohne daß es abriß.

Als er zu sich kam, zitterte er. Fast gelähmt vor Entsetzen, hielt er den Stamm einer jungen Linde umklammert. Nur mit Vorsicht und stets in Angst vor der Wiederkehr des Unbekannten, Fürchterlichen ging er dann weiter. Aber er wurde doch wieder frei und sicher, so daß er am Ende über seine Angst lächeln konnte.

Nun, unter dem festen Gleichmaß seiner Schritte, angesichts der ersten Häuser, kam die Erinnerung seiner Soldatenzeit. Wie oft, das Herz mit dem tauben Hochgefühl befriedigter Eitelkeit zum Bersten gefüllt, hatte er als Leutnant, an der Seite der Truppe, unter klingendem Spiele Einzug gehalten. Er dachte es kaum, und schon hatte in seinem Kopfe die markige, feurige Marschmusik eingesetzt, durch die er so oft fanatisiert worden war. Sie klang in seinem Ohr und bewirkte, daß er die Füße in Takt setzte und Kopf und Brust ungewöhnlich stolz trug. Sie legte das sieghafte Lächeln um seine Lippen und den lebendigen Glanz in seine Augen. So marschierend, lauschte er zugleich in sich hinein, verwundert, daß er so jeden Ton, jeden Akkord, jedes Instrument scharf unterschied, bis auf das Nachschüttern des Zusammenschlags von Pauke und Becken. Er wußte nicht, sollte ihn die Stärke seiner Vorstellungskraft beunruhigen oder erfreuen. Ohne Zweifel war es eine Fähigkeit. Er hatte die Fähigkeit zur Musik. Er würde sicher große Kompositionen geschaffen haben. Wie viele Fähigkeiten mochten überhaupt in ihm erstickt worden sein! Übrigens war das gleichgültig. Alle Kunst war Unsinn, Gift. Es gab andere, wichtigere Dinge für ihn zu tun.

Ein Mädchen in blauem Kattun, mit einem rosa Brusttuch, eine Kanne aus Blech in der Hand, welches augenscheinlich Milch austrug, kam ihm entgegen. Er hatte sie mit dem Blick gestreift und bemerkt, wie sie erstaunt über seinen Anblick stillstand und groß auf ihn blickte. Sie grüßte dann kleinlaut mit ehrfürchtiger Betonung, und er ging gemessen und ernst dankend an ihr vorüber.

Sofort war alles in ihm verstummt. Weit hinaus wuchs er im Augenblick über seine bisherigen kleinen Vorstellungen. Wenn er noch etwas wie Musik in seinem Ohre trug, so war es jedenfalls keine irdische Melodie. Mit einer Empfindung schritt er, wie wenn er trockenen Fußes über Wasser ginge. So hehr und groß kam er sich vor, daß er sich selbst zur Demut ermahnte. Und wie er das tat, mußte er sich an Christi Einzug in Jerusalem erinnern und schließlich der Worte: »Siehe, dein König kommt zu dir, sanftmütig.«

Noch eine Zeitlang fühlte er den Blick des Mädchens sich nachfolgen. Aus irgendwelchem Grunde hielt er im Gehen möglichst genau die Mitte des Fahrdamms inne, auch als er eine Biegung machte in eine breite, weiße, sich abwärts senkende Straße hinein. Dabei, wie unter einem

Zwange stehend, mußte er immer und immer wiederholen: Dein König kommt zu dir.

Kinderstimmen sangen diese Worte. Sie lagen ihm noch ungeformt zwischen Gaumen und Zunge. Aus dem unartikulierten Geräusch seines Atems konnte er sie heraushören. Dazwischen Hosianna, rauschende Palmenwedel, Jauchzen, bleiche, verzückte Gesichter. Dann wieder jähe Stille – Einsamkeit.

Er sah auf, voll Verwunderung. Wie leere Kulissen alles. Häuser aus Stein rechts und links, stumm, nüchtern, schläfrig. Nachdenklich prüfte er. Allmählich, da es feststand, begann sein Inneres, sich daran zu ordnen. So wurde er klein, einfach und fing an nüchtern zu schauen.

Hier und da war ein Fenster geöffnet. Der Kopf eines Hausmädchens wurde sichtbar, man klopfte einen Betteppich aus. Ein Student, schwarzhaarig, mit wulstigen Lippen, augenscheinlich ein Russe, drehte auf dem Fensterbrett seine Frühstückszigarette. Und schon wurde es lebendiger auf der Straße. Die Augen auf den Boden geheftet, unterließ er es doch nicht, verstohlen zu beobachten. Oft sah er mitten hinein in ein breites, freches Lachen. Oft bemerkte er, wie Staunen den Spott bannte. Aber hinter seinem Rücken befreite sich dann der Spott, und dreiste Reden, spitz und beißend, flogen ihm nach.

Mit jedem Schritt unter so viel Stichen und

Schlägen wurde ihm alltäglicher zu Sinn. Ein Krampf saß ihm in der Kehle. Der alte bittere, hoffnungslose Gram trat hervor. Wie eine Mauer, dick, unübersteiglich, richtete sie sich auf vor ihm, die grausame Blindheit der Menschen.

Nun schien es ihm auf einmal, als ob alles Leugnen unnütz sei. Er war doch wohl nur eine eitle, kleine, flache Natur. Ihm geschah doch wohl recht, wenn man ihn verhöhnte und verspottete. So empfand er minutenlang die Pein und Scham eines entlarvten Hochstaplers und den Wunsch, von aller Welt fortzulaufen, sich zu verkriechen, zu verstekken oder auf irgendeine Weise seinem Leben überhaupt ein Ende zu machen.

Wäre er jetzt allein gewesen, würde er den Strick um seinen Kopf, der wie ein Heiligenschein aussah, heruntergerissen und verbrannt haben. Wie unter einer Narrenkrone aus Papier, halb vernichtet vor Scham, ging er darunter.

In enge, labyrinthische Gäßchen ohne Sonne hatte er eingelenkt. Ein kleines Fensterchen voller Backware zog ihn an. Er öffnete die Glastür und trat in den Laden. Der Bäcker sah ihn an – die Bäkkersfrau – er wählte ein kleines Brot, sagte nichts und ging.

Vor der Tür hatte sich eine Schar Neugieriger angesammelt: eine alte Frau, Kinder, ein Schlächtergesell, die Mulde mit roten Fleischstücken auf der Schulter. Er überflog ihre Gesichter, es war nichts Freches darin, und ging mitten durch sie hin seines Weges.

Mit welchem Ausdruck sie ihn alle angeblickt hatten! Erst die Bäckersleute. Als ob er des kleinen Brotes nicht zum Essen bedürfe, sondern vielmehr, um damit ein Wunder zu tun. Und weshalb warteten die Leute auf ihn vor den Türen? Es mußte doch einen Grund haben. Und nun gar das Getrappel und Geflüster hinter ihm drein. Weshalb lief man ihm nach? Weshalb verfolgte man ihn?

Er horchte gespannt und wurde bald inne, daß er ein Gefolge von Kindern hinter sich hatte. Durch Kreuz- und Quergehen über kleine Plätze mit alten Brunnen darauf, absichtlich umkehrend und die Richtung wechselnd, vergewisserte er sich, daß der kleine Trupp nicht von ihm abließ.

Warum verfolgten sie ihn und ließen sich nicht genügen an seinem Anblick? Erwarteten sie mehr von ihm? Hofften sie in der Tat, von ihm etwas Neues, Außergewöhnliches, Wundervolles zu sehen? Es kam ihm vor, als spräche aus der eintönigen Hast der Geräusche ihrer Füße ein starker Glaube, ja mehr als dies: eine Gewißheit. Und plötzlich ging es ihm hell auf, weshalb Propheten, wahrhaftige Menschen voll Größe und Reinheit, so oft am Schluß zu gemeinen Betrügern werden. Er empfand auf einmal eine brennende Sucht, einen unwiderstehlichen Trieb, etwas Wundervolles zu verrichten, und die größte Schmach würde ihm klein erschienen sein im Vergleiche zu dem Eingeständnis seiner Unkraft.

Bis an den Limmatquai war er inzwischen gelangt, und noch immer folgten ihm die Kleinen. Einige trabten, die größeren machten unmäßig lange Schritte, um ihm nachzukommen. In abgebrochenen Worten, mit dem feierlichen Flüsterton der Kirche vorgebracht, bestand ihre Unterhaltung. Es war ihm bisher nicht gelungen, etwas von dem, was sie sprachen, zu verstehen. Plötzlich aber – er hatte es ganz deutlich gehört – wurden die Worte »Herr Jesus« ausgesprochen.

Die Wirkung eines Zaubers lag in diesen Worten. Er fühlte sich aufgehoben durch sie, gestärkt, wiederhergestellt.

Jesus war verhöhnt worden: man hatte ihn geschlagen, angespien und ans Kreuz genagelt. In Verachtung und Spott bestand der Lohn aller Propheten. Sein eigenes bißchen Leiden kam nicht in Betracht. Kleine, feige Nadelstiche hatte man ihm versetzt. Ein Zärtling, der daran zugrunde ging!

Zum Kampf war man da. Wunden bewiesen den Krieger. Spott und Hohn der Menge . . . wo gab es höhere Ehrenzeichen?! Die Brust damit geschmückt, durfte man stolz und frei blicken. Und überdies: aus dem Munde der Unmündigen und Säuglinge hast du dir dein Lob zugerichtet.

Vor einer Frau, die Orangen feilbot, blieb er stehen. Sogleich hielten auch die Kleinen im Laufen inne, und ein Haufen Neugieriger staute sich auf dem Bürgersteig. Er hätte seine Früchte gern ohne alles Reden gekauft. Mit einer Spannung warteten die Leute auf sein erstes Wort, die ihn befangen und scheu machte. Ein sicheres Gefühl sagte ihm, daß er eine Illusion zu schonen hatte, daß es von der Art, wie er sprach, abhing, ob seine Hörer ihm weiter folgten oder enttäuscht davonschlichen. Aber es war nicht zu vermeiden, die Hökerfrau fragte und schwatzte zuviel, und so mußte er endlich reden.

Er war beruhigt und zufrieden, sobald er seine eigene Stimme vernahm; etwas Singendes und Getragenes lag darin, eine feierliche und gleichsam melancholische Würde, die, wie er überzeugt war, Eindruck machen mußte. Er hatte sich kaum je so reden hören, und indem er sprach, wurde ihm das Reden selbst zum Genuß, wie dem Sänger der Gesang. Auf der Brücke, unter die hinein der blaugrüne See seine Wellen schlug, hielt er abermals an. Über das Geländer gebeugt, nahm er aufs neue Licht, Farbe und Frische des Morgens in sich auf. Der ungestüme, stärkende Wind, der den See herauffuhr, wehte ihm den Bart über die Schulter und umspülte ihm Stirn und Brust wie ein kaltes Bad.

Und nun, aus der mutigen Aufwallung seines Innern, stieg es auf als ein fester Entschluß. Die Zeit war gekommen. Etwas mußte geschehen. In ihm war eine Kraft, die Menschheit aufzurütteln. Jawohl! und sie mochten lachen, spotten und ihn verhöhnen, er würde sie dennoch erlösen, alle, alle!

Nun fing er an, tief und verschlossen zu grübeln. Daß es geschehen würde, stand nun fest; wie es geschehen würde, mußte erwogen werden. Man feierte heute Pfingsten, und das war gut. Um Pfingsten hatten die Jünger Jesu mit feurigen Zungen geredet. Die Feierstimmung bedeutete Empfänglichkeit. Einem erschlossenen Acker gleichen die Seelen der Menschen an Feiertagen.

Tiefer und tiefer ging er in sich hinein, bis er in Räume eindrang, weit, hoch, unendlich. Und so ganz versunken war er mit allen Sinnen in diese zweite Welt, daß er wie ein Schlafender nur willenlos sich fortbewegte. Von allem, was ihn umgab, drang nichts mehr in sein Bewußtsein außer dem Getrappel der Kinderfüßchen hinter ihm.

Gleichmäßig eine Zeitlang, schwoll es allmählich an, wie wenn den wenigen, die ihm folgten, andere sich angeschlossen hätten. Und stärker und stärker immer, als ob aus einzelnen Hunderte, aus Hunderten Tausende geworden wären.

Ganz plötzlich wurde er aufmerksam, und nun war es, als ob hinter ihm drein Heeresmassen sich wälzten.

In seinen Füßen bis in die Knöchel hinauf spürte er ein Erzittern des Erdreiches. Er vernahm hinter sich starkes Atmen, heißes, hastiges Geflüster. Er vernahm Frohlocken, kurz abgerissen, halb unterdrückt, das sich weit zurück fortpflanzte und erst in tiefen Fernen echohaft erstarb.

Was das bedeutete, wußte er wohl. Daß es so überraschend schnell kam, hatte er nicht erwartet. Durch seine Glieder brannte der Stolz eines Feldherrn, und das Bewußtsein einer unerhörten Verantwortung lastete nicht schwerer auf ihm als der Strick auf seinem Kopfe. Er war ja der, der er war. Er wußte ja den Weg, den er sie führen mußte. Er spürte ja aus dem Lachen und Drängen seiner Seele, daß es ihm nahe war, jenes Endglück der Welt, wonach die blinden Menschen mit blutenden Augen und Händen so viele Jahrtausende vergebens gesucht hatten.

So schritt er voran – er – er – also doch er! und in die Stapfen seiner Füße stürzten die Völker wie Meereswogen. Zu ihm blickten sie auf, die Milliarden. Der letzte Spötter war längst verstummt. Der letzte Verächter war eine Mythe geworden.

So schritt er voran, dem Gebirge entgegen. Dort oben war die Grenze, dahinter lag das Land, wo das Glück im Arme des Friedens ewig ruhte. Und schon jetzt durchdrang ihn das Glück mit einer Wucht und Gewalt, die ihm bewies, daß man athletische Muskeln nötig hatte, um es zu ertragen.

Er hatte sie, er hatte athletische Muskeln. Sein Leben, sein Dasein war jetzt nur ein wollüstiges, spielendes Kraftentfalten.

Eine Lust kam ihn an, mit Felsen und Bäumen Fangball zu spielen. Aber hinter ihm rauschten die seidenen Banner, drängte und dröhnte unaufhaltsam die ungeheure Wallfahrt der Menschen.

Man rief, man lockte, man winkte; schwarze, blaue, rote Schleier flatterten; blonde offene Frauenhaare, graue und weiße Köpfe nickten; Fleisch bloßer, nerviger Arme leuchtete auf; begeisterte Augen, zum Himmel blickend oder flammend auf ihn gerichtet, voll reinen Glaubens: auf ihn, der voranschritt.

Und nun sprach er es aus, ganz leise, kaum hörbar, das heilige Kleinodwort: – Weltfriede! Aber es lebte und flog zurück von einem zum andern. Es war ein Gemurmel der Ergriffenheit und Feierlichkeit. Von ferne her kam der Wind und brachte weiche Akkorde beginnender Choräle. Gedämpfte Posaunenklänge, Menschenstimmen, welche zaghaft und rein sangen; bis etwas brach, wie das Eis eines Stromes, und ein Gesang emporschwoll wie von tausend brausenden Orgeln. Ein Gesang, der ganz Seele und Sturm war und eine alte Melodie hatte, die er kannte: Nun danket alle Gott.

Er kam zu sich. Sein Herz hämmerte. Er war nahe am Weinen. Vor seinen Augen schwammen weiße Punkte durcheinander. Seine Glieder waren wie zerschlagen.

Er setzte sich auf eine Bank nieder, die am See

stand, und fing an das Brot zu essen, das er sich gekauft hatte. Dann schälte er die Orange und drückte die kalte Schale an seine Stirn. Mit Andacht, wie der Christ die Hostie, genoß er die Frucht. Noch war er damit nicht zu Ende, als er müde zurücksank. Ein wenig Schlaf würde ihm willkommen gewesen sein. Ja, wenn das so leicht wäre: ausruhen. Wie soll man ruhen, wenn es im Kopfe drinnen endlos wühlt und gärt? Wenn das Herz herauswill – wenn es einen zieht ins Unbestimmte – wenn man eine Mission hat, die verlangt, daß man sich ihr unterziehe – wenn die Menschen draußen warten und sich die Köpfe zerbrechen? Wie soll man ruhen und schlafen, wo es not tut zu handeln?

Es war ein peinigender Zustand, wie er so dalag. Fragen und Fragen und nie eine Antwort. Graue, quälende Leere, mitunter schmerzende Stockungen. An einen Ziehbrunnen mußte er denken. Man steht, zieht mit aller Kraft am Seil, aber das Rad, worüber es geht, dreht sich nicht mehr. Man läßt nicht nach mit Zerren und Stemmen. Der Eimer soll herauf. Man dürstet zum Verschmachten. Das Rad gibt nicht nach. Weder vor- noch rückwärts schiebt sich das Seil. – Eine Plage war das, eine Qual – beinahe ein physisches Leiden. Als er Schritte vernahm, freute er sich der Ablenkung. Ja, du lieber Gott! Was war das überhaupt für ein Gedanke gewesen, jetzt schlafen zu wollen!

Er stand auf, verwundert, daß er sich in seiner Kammer befand, und öffnete die Tür nach dem Flur. Seine Mutter, wie er wußte, stand auf dem Gange, und er mußte sie hereinlassen. Sie kam, sah ihn an mit strahlender Bewunderung, ihre Lippen zitterten, und sie faltete in Ehrfurcht ihre Hände. Er legte ihr die Hände aufs Haupt und sprach: Stehe auf! – und – die Kranke erhob sich und konnte gehen. Und wie sie sich aufrichtete, erkannte er, daß es nicht seine Mutter war, sondern er, der Dulder von Nazareth. Nicht nur geheilt hatte er ihn; er hatte ihn lebendig gemacht. Noch wehten die Grabtücher um Jesu Leib. Er kam auf ihn zu und schritt in ihn hinein. Und eine unbeschreibliche Musik tönte, als er so in ihn hineinging. Den ganzen geheimnisvollen Vorgang, als die Gestalt Jesu in der seinigen sich auflöste, empfand er genau. Er sah nun die Jünger, die den Meister suchten. Aus ihnen trat Petrus auf ihn zu und sagte: Rabbi! – Ich bin es, gab er zur Antwort. Und Petrus kam näher, ganz nahe, berührte seinen Augapfel und begann ihn zu drehen: der Jünger drehte den Erdball. Die Stunde war da, sich dem Volke zu zeigen. Auf den Balkon des Saales, den er bewohnte, trat er hinaus. Unten wogte die Menge, und in das Brausen und Wogen sang eine einzige dünne Kinderstimme: Christ ist erstanden.

Sie hatte kaum begonnen, als das Eisen des Balkons nachgab. Er erschrak heftig, wachte auf, rieb sich die Augen und wurde inne, daß er auf der Bank eingeschlafen war. –

Gegen Mittag mochte es sein. Er wollte wieder hinauf in den Buchenwald, um seine Zeit abzuwarten. Die Sonne sollte ihn weihen, dort oben.

Noch immer kühle und reine Luft, wie er den Berg hinanstieg. Hymnen der Vögel. Der Himmel wie eine blaßblaue, leere Kristallschale. Alles so makellos. Alles so neu.

Auch er selbst war neu. Er betrachtete seine Hand, es war die Hand eines Gottes; und wie frei und rein war sein Geist! Und diese Ungebundenheit der Glieder, diese völlige innere Sicherheit und Skrupellosigkeit. Grübeln und Denken lag ihm nun weltfern. Er lächelte voll Mitleid, wenn er an die Philosophen dieser Welt zurückdachte. Daß sie mit ihrem Grübeln etwas ergründen wollten, war so rührend, wie wenn etwa ein Kind sich abmüht, mit seinen zwei bloßen Ärmchen in die Luft zu fliegen.

Nein, nein – dazu gehörten Flügel, breite Riesenschwingen eines Adlers – Kraft eines Gottes!

Er trug etwas wie einen ungeheuren Diamanten in seinem Kopfe, dessen Licht alle schwarzen Tiefen und Abgründe hell machte: da war kein Dunkel mehr in seinem Bereich . . . Das große Wissen war angebrochen. –

Die Glocken der Kirchen begannen zu läuten. Ein Gewühl und Gebrause von Tönen erfüllte das

Tal. Mit einer erznen Zunge schien die Luft zu sprechen.

Er beugte sich vor und lauschte, als es zu ihm heraufkam. Er senkte das Haupt nicht, er kniete nicht nieder. Er horchte lächelnd wie auf eines alten Freundes Stimme, und doch war es Gottvater, der mit seinem Sohne redete.

Ullstein Klassiker

Gottfried Keller
Pankraz, der Schmoller/Romeo und Julia auf dem Dorfe (23512)
Frau Regel Amrain und ihr Jüngster (23626)

Hermann Löns
Mein grünes Buch (23325)
Dahinten in der Heide (23485)
Mein grünes Brevier (23762)
Mümmelmann (23897)

Eugenie Marlitt
Schulmeisters Marie/Die zwölf Apostel (23414)
Das Geheimnis der alten Mamsell (23447)
Die Frau mit dem Karfunkelstein (23611)

Harry Martinson
Der Weg nach Glockenreich (23899)

Guy de Maupassant
Ein Leben (23500)
Die Brüder Pierre und Jean (23656)
Nietzsche-Lesebuch
hrsg. von Jost Perfahl (23088)

Wilhelm Raabe
Die Chronik der Sperlingsgasse (23759)

Peter Rosegger
Als ich noch der Waldbauernbub war (23412)
Spaziergänge in der Heimat (23579)
Die Schriften des Waldschulmeisters (23758)
Jakob der Letzte (23900)

Mary Shelley
Frankenstein (23568)

Friedrich Sieburg
Gott in Frankreich? (23655)

Adalbert Stifter
Der Nachsommer I (23418)
Der Nachsommer II (23419)
Brigitta (23499)

Theodor Storm
Der Schimmelreiter (23415)
Pole Poppenspäler/Hans und Heinz Kirch (23472)

Ludwig Tieck
Der junge Tischlermeister (23761)

Mark Twain
Durch Dick und Dünn (23757)

Jules Verne
Onkel Robinson (23369)

Ernst Wiechert
Die Jeromin-Kinder (23384)
Das einfache Leben (23484)
Wälder und Menschen (23627)
Jahre und Zeiten (23673)

Wolfram von Eschenbach
Parzival (23908)

Ullstein Klassiker

Joseph Conrad
Das Duell (23641)

Daniel Defoe
Die Pest zu London (23764)

Denis Diderot
Die Nonne (23907)

Marie von Ebner-Eschenbach
Božena (23910)

Joachim Fernau
Und Er sah, daß es gut war (22404)

Theodor Fontane
Der Stechlin (23411)
Effi Briest (23417)
Irrungen, Wirrungen (23423)
Stine (23424)
Frau Jenny Treibel (23425)
Ein Sommer in London (23594)
Unterm Birnbaum (23754)
Das Oderland (23432)
Die Grafschaft Ruppin (23901)
Havelland (23903)

Trygve Gulbranssen
Und ewig singen die Wälder (23309)
Das Erbe von Björndal (23640)

Knut Hamsun
Die Stimme des Lebens (23756)

Gerhart Hauptmann
Der Biberpelz (23426)
Fuhrmann Henschel (23555)
Die Ratten (23563)
Vor Sonnenaufgang (23564)
Vor Sonnenuntergang (23565)
Die versunkene Glocke (23765)
Einsame Menschen (23939)
Und Pippa tanzt! (23943)
Rose Bernd (23958)
Gabriel Schillings Flucht (23959)
Im Wirbel der Berufung (23353)
Der Narr in Christo Emanuel Quint (23446)
Atlantis (23610)
Bahnwärter Thiel (23755)
Phantom (23940)
Wanda (23941)
Der Ketzer von Soana (23942)
Der Schuß im Park (23968)

Joris-Karl Huysmans
Stromabwärts (23911)

Henry James
Asperns Nachlaß (23909)

Franz Kafka
Die Verwandlung (23595)

Georg Kaiser
Gas (23898)